TAKE
SHOBO

異世界から来た賢者様はお嫁様をさがしている
獣人の乙女は運命のつがいに愛されて

竹輪

Illustration
逆月酒乱

MOON DROPS

異世界から来た賢者様はお嫁様をさがしている
獣人の乙女は運命のつがいに愛されて

Contents

イラスト／逆月酒乱

異世界から来た賢者様はお嫁様をさがしている

獣人の乙女は運命のつがいに愛されて

MOON DROPS

一章　賢者様は従者をさがしている

壁の木目模様が渦を巻いていて、それが龍のように見える。

ベッドに横になって寝ていたナナは、月明かりにぼんやりと浮かぶ龍を指でなぞってみた。と、言っても本物の龍は見たことがない。以前ツガーレフの部屋で見せてもらった絵本の挿絵を見ただけだ。

その時はまだ文字が一つも読めなくて、ただ、絵を何度もくり返して眺めていた。光の中からお姫様が現れて、龍が一目見てそのお姫様を好きになる。やがて龍とお姫様は仲良くなるのだが、ある日、お姫様は龍の元からいなくなってしまうのだ。悲しくて龍は泣いて、その涙の粒が宝石になる。そんな悲しいお話だった。

呼吸に合わせて僅かに体が上下する。それは頭についている耳も同じだ。しっぽは股の間に収まっている。獣の耳としっぽを持つナナは『獣人』である。けれども自分以外の獣人はまだ見たことがない。ナナは物心つく頃にはもうこの神殿にいた。

ギシギシ言う木製のベッドに固いマット。一つだけあるガラスの嵌《は》められた窓は、開けられないけれど、陽のあるうちは雲の流れが心を楽しませてくれる。ナナはそこにお気に入りの木の実を三つだけ並べている。服は支給されたものを着る。脱いだものは交換で持っていかれる。だから、この部屋にはベッドと毛布と木の実が三つだけ。そんな簡素な部屋がナナの生きる世界のすべてだった。

神殿では夜が明ける前に起きて食堂の火を入れておく。それから、水瓶をいっぱいにしておくこと。床の掃除をしておくこと。きちんとやっていなければ朝食が貰《もら》えない。朝食後は訓練をさせられる。神殿の裏の森に行って小さな魔獣を殺す。毎日、毎日。これが一日のうちで、もっとも嫌なことだ。今日は目のくりくりとした小さな魔獣だった。ナナがとどめを刺すのをためらうと魔獣は森の奥へと逃げてしまい、当然怒られたナナは、背中を鞭《むち》で打たれて夕飯を抜かれてしまった。

魔獣の大きさが大きくなればなるほど、個体の表情が出るので嫌だ。恐ろしい顔だけしていればいいのに、時には子を庇《かば》ったりするものもいる。そういう時は、とどめを刺してからの虚無感と罪悪感でおかしくなってしまいそうだ。けれども、そうしないといけないのだ、ということしかナナは習わない。強くならないと人を守れないから、毎日魔獣を殺して経験を積むのだ。魔獣は『悪』。そんな悪の命が消える瞬間に見せる、悲しそうな瞳はナナの心が見せている幻なのだろうか。

「おい、寝ているのか⁉」

午前中の折檻《せっかん》の、あまりの痛さに気を失ってしまった。いつの間にか自室に運ばれていたらしいナナは、目を覚ますとボンヤリと壁を眺めていた。新米の神官は鞭の力加減が分からなかったのか、力任せにナナの背中を打った。いつもより深い傷で、痛くて仰向けにはなれない。そんな事情などお構いなしに、怒鳴り声が大きく響き渡り、ナナは体を震わせた。

「なんだ、起きているじゃないか！」

バン、と音を立ててドアが開かれた。声をかけてきた神官見習いの男の苛立ちを感じ取ると、ナナは仕方なく、背中を庇うようにそろりと起き上がった。

「おいチビ、これを着ろ」

白い厚手の服を投げてよこされる。一目で上等な服だとわかった。もう夜更けだと思うのに行かなくてはならないのだろうか。見習いの男が背中を向けているうちに、素早く、今着ているボロを脱いで、渡された服を着た。

最近、見習いの男はナナのことを『汚らわしい獣だ』と言いながら、隙あらば肌を覗《のぞ》き見てくる。その粘った視線が苦手だ。焦って服を脱いだせいで、ピリリとした痛みが背中を走った。おおよそ傷の血が固まって服が貼りついていたのだろう。声を上げなくて良かった。気づかれたら容赦なくまたそこを打たれるのだから。

すっぽりと簡易にできている服をかぶるように着ると扉まで歩いていく。迎えに来た見習いの男はフン、と鼻で笑ってナナを見た。

「せいぜいお役に立つのだな」

男の言った言葉の意味は分からない。物心がついてから誰かに何かを説明されて行動したことなどないのだ。――ナナの意志などそこには存在しない。

ツガーレフ様のところでないといいな。

ナナは小さく願う。そんなことを願ってもあの男の元へ行くときはいつも着がえさせられるので今回もそうだろう。大神官であるツガーレフはナナを折檻したりはしない。時にはお菓子をくれたり絵本を読んでくれたりする。けれど十歳くらいの頃から、成長が止まるようにと薬をかかさず飲むように言われて、定期的に体を点検されるようになった。偶然を装って触れられるツガーレフの手が、たまらなく嫌だった。

ナナは足早に歩く男の後ろを一生懸命ついていく。正直体がギシギシ悲鳴を上げていてつらかったが、置いていかれてもまた折檻されるだけだ。でこぼこした道は足の裏が痛い。が、獣人であるナナに靴は許されていなかった。

獣人は罪を背負った『穢《けが》れた生き物』なのだそうだ。

その証拠に獣の姿を持って生まれてくる。

だから獣人は戦って人を守らないといけない。

獣人は人を傷つけてはいけない。

獣人は人の言うことを聞かなくてはいけない。

——そうしないと獣人は呪われて生きていけないという。

一体獣人はどんな恐ろしいことをして穢れてしまったのだろう。考えてもそれをナナに教えてくれる人はいない。

ほどなく前を歩いていた男の足が止まった。予想通り、そこはツガーレフの部屋だった。

「ツガーレフ大神官様、連れて参りました」

「ご苦労だったね。君は下がっていいよ」

男が汚いものに触るようにナナの背中を押す。ナナは痛みを感じながら足を少しもつれさせて、よろよろと部屋に足を踏み入れた。

「さあ、こちらへおいで。私にそのかわいい顔をよく見せておくれ」

大神官の部屋は神殿の一番上にあり、広くてふかふかの絨毯《じゅうたん》が敷いてある。ツガーレフは若干三十五歳でその職に就いた男で、誰もが天才だと讃《たた》えていた。恐ろしく整った美貌を持ち、長く美しい水色の髪と深い緑色の瞳はこの神殿で奉られている神と同じ色彩だった。

ツガーレフがナナに手を伸ばす。人々がうっとりと崇拝するこの男がナナは苦手だった。その動作は優雅で柔らかい。が、それに反し、実際のところ行動自体は強引だった。今も痛いくらい強く手を引かれ、ツガーレフの前に立たされていた。

「お前のこと、とても気に入っていたのだけれど、少しの間、手放さないといけなくなってね。ああ、落ち込むことはないよ。ことが終われば、私の元に戻ってくればいいのだから。まあ、『貸してあげる』ようなものだ。なんたってお前の契約者は私だからね。ちょっとした理由で、さる人物のお世話係をして欲しい。無事にその人を届け終えたらここへ帰ってくればいい」

ツガーレフの話はナナには理解できない。もっともツガーレフは理解を得たいなどとは思っていない。首をかしげているとツガーレフはナナの頭を撫《な》でた。

「神殿から出すのは、お前に交配させる時と決めて、準備していたのだが仕方ない。旅の途中で体が成長しないように毎日薬は必ず服用するんだ。そうしないとお前は穢れてここに戻ってこられなくなるからね」

にっこり笑って薬の袋を渡すツガーレフの目は笑っていない。ナナは希少価値の高いユキヒョウの獣人だ。だから大人になったら、交配させて数を増やしたいらしい。ツガーレフは知り合いに白猫の獣人の雄を借りる約束をしていると前に話していた。交配とはなにをするのか、さっぱりわからないけれど。

「さて、契約を加えなければならない。服を捲《めく》り上げて胸を出しなさい」

言われて渋々服を捲り上げた。魔力を注がないと浮かんでこないが、ナナの心臓にはツガーレフの契約の魔法陣が書かれている。服を頭の上まで捲り上げると、ツガーレフが何をしているのかナナには全く見えないが、魔法陣に新たな契約を加えていることは分かった。

「かはっ」

バチ、と心臓に衝撃がきて、体を支えきれずにしゃがみこんだ。

そのまま、ナナは気絶した。

＊　　＊　　＊

誰もがため息をつくような美貌の男がその深い緑色の瞳で冷たくナナを見下ろしていた。床に倒れたナナを見てもツガーレフは表情を一切動かさなかった。片手で魔力を注ぎ、ナナの胸の魔法陣を確認すると、ツガーレフは顔を見るのが嫌で上げさせたナナの服を引っ張って戻した。気絶しないように契約することもできるが、そのひと手間が面倒なのでする気もない。手をわずらわされるのはごめんだ。

「お気に入りだったのだが。壊さず戻してもらえるか。……戻ってくるかも危ういか」

この小さな獣人を引き取ったのはいつだったか。ツガーレフにしてはずいぶん長い間、手元に置いてきた。キラキラと光る銀髪に透き通るような白い肌。その瞳は夜空を思わせるような深い藍色の瞳だ。ぴょこぴょこと動く耳はいつもツガーレフの機嫌を窺っている。懐かせるつもりはなかったので、気まぐれに可愛がり、すり寄ってくるときは冷たく突き放した。ナナの泣きそうな顔を見るのは悪くなかったと思う。

「惜しいが仕方ないか」

ナナは二種類の魔法が使える。魔獣の倒し方も訓練させた。いずれは何かの役に立つと思って育てていたがポーラ姫にナナを見られたのが運の尽きだ。今までうまく隠してきたというのに、新米の神官がナナには通ることを禁止している廊下を歩かせてしまったのだ。運悪く、神殿に遊びに来ていたポーラ姫が見つけて「ツガーレフが飼っている獣人が欲しい」と言い出した。

手に入れたところですぐ飽きるに決まっている。現にポーラ姫は何人かの獣人を飼ってはすぐに飽きて捨てていた。ツガーレフは、娘に甘い王から獣人を譲るように言われたが「魔法を使える貴重な獣人で、これから交配するつもりだ」と断った。ポーラ姫には子供が出来たら譲ることを約束した。

それからしばらくして、王が今度は護衛に貸してくれと言い出した。ここは王に恩を売るのが得策かと承諾した。なによりポーラ姫のところよりは生きて帰ってくる可能性があった。

「誰かいるか？」

ツガーレフは手を鳴らした。年若い少年たちが担架でナナを運んで行く。それを名残惜し気に見送った。

これでナナはツガーレフの手元から離れる。大したことではないはずなのに、ツガーレフはなぜだかモヤモヤした気持ちになった。

その苦い気持ちが何なのかをツガーレフは気づいていない。獣人など所詮は『手駒』に過ぎない。いくらナナが特別な獣人だったとしても、それは変わらない。彼は獣人などに自分が心を奪われることなどありはしないと信じていた。自分は神の血を引いた特別な存在なのだ。獣人なんて、契約者となって意のままに操れることのできるただの人形のようなもの。

ツガーレフにとって、ナナはそんな存在なのだと本気で思っていた。

*　　　*　　　*

ナナが次に目を覚ますとそこは自分の部屋ではなかった。ナナのベッドはこんなにふかふかしていないし、室内もこんなに明るくない。丸まっていた体を伸ばしてパチパチと瞬きをしていると六つの目がこちらをじっと見つめていた。

「みゃっ」

驚いてナナが短く鳴いた。怖くて動けなくてじっとその場で固まる。向こうもナナが鳴いたことで驚いたのか、後ろに下がって警戒している。

「ね、ちょっと、怯《おび》えてない？」

「え、でも獣人でしょ⁉　襲ってくるんじゃないの？」

「人間は襲わないってツガーレフ様が言っていたじゃない。絶対に危険がないっていうから私たちに仕事が回ってきたんだよね？」

どうやら見つめていたのは三人の女の人だった。警戒しながらナナは背中を壁に寄せて、ベッドの上で体を起こした。彼女たちもナナの動きに距離を取りながら観察していた。神殿の奥で育ったナナは女の人を見るのが初めてである。フワフワとどこも柔らかそうで、爪でひとかきすれば簡単に絶命しそうだ。

「言葉って分かるんだっけ？　私はドリー、こっちはミミ」

「で、私はローリー」

三人が自己紹介してきたので驚いた。これまで神殿の人間で、ツガーレフ以外名乗られたことはない。それに、声まで高くていい匂いがする。ナナは少し体の力を抜いた。

「やっぱり、分かんないんじゃない？」

「唸《うな》らないだけマシかも」

「私こんなに人間に近い獣人初めて見た」

ナナと三人は見つめ合う。ナナは悪意と危険がないことを悟るとじっとする。人間は傷つけてはいけない。けれども目の前の三人の雰囲気からどうやらそれはないようだ。

勇気ある一人がナナに手を近づけてきた。

「ちょっと！　やめなよ！」

ナナはじっとして動かない。危険はないとわかったのか、最初にドリーと名乗った娘がナナの頭に手を置いた。

「この子、超かわいいんですけど」

頭を撫でられたことにビクリとしたが、その柔らかい感触に、次第に自分から頭を擦り寄せた。

「……確かに」

「わ、私も」

するると、あとの二人もナナの頭を撫でに来る。人に撫でられるのはツガーレフ以外で初めてだ。このいい匂いがする柔らかな人間たちはナナに優しい。心地よさに喉をぐるぐると鳴らすと、三人の手がさらにナナを優しく撫でた。

「獣人って、唸るかヨダレ垂らしているものかと思ってた」

次第に大胆になったその手にナナが頬を擦り寄せると、三人から「キャー」と感嘆の声が上がった。

「めっちゃ可愛いね」

「じゃ、怖くなったし、そろそろ始めようか」

ローリーの声でピシッとした空気に変わる。ナナが首をかしげるとミミが布を抱えた。

「さあ、お風呂に入ろうね」

その言葉に、さっと体を壁に寄せて逃げる。水は苦手だし、何より今は背中が痛い。しかし三人はナナを追い詰めて逃がしてくれなさそうだ。先ほどまでの心地よい思いから一転して、ナナは体をこわばらせた。

「お風呂嫌いなのかな?」

「見た感じ猫科っぽいからそうかも。うちの猫もお風呂嫌いだよ」

「でも時間がないから、もう服脱がせて入れないと。ごめんね、ネコちゃん」

そう言って服に手をかけられ、すぐに裸にされる。神殿の服は被るだけなのであっという間にパンツ一枚になった。

「え。ちょっと！　見て、これ！」

ナナの体を見てドリーがほかの二人にも声をかけた。その声で回り込まれて背中を観察される。ナナは何を言われるのか怖くなって縮こまった。

「神殿の奴ら、サイテー。やっぱりクソ野郎だわ」

「……これって、鞭のあと？」

「神殿だったら治癒が使える人が多いよね……わざと傷にしているってこと？　ひどい」

「ミミ、治せる？」

「うん。任せて！」

三人の会話にナナの耳がせわしなく動く。オロオロしていると背中が温かくなった。背中が治癒されているのだ。ナナは心底驚いた。ツガーレフは躾《しつけ》として傷は治してくれない。痕が残るといけないといって、痛みがなくなった頃に治癒してくれるだけだ。

「ありがと、ございます」

痛みのなくなった背中に感動して、そうミミに告げると三人がポカンとした顔をした。

「言葉、分かるの？」

ナナはこくりと頷《うなず》いた。話してはいけないとは言われていない。ナナが話しかけると嫌な顔をされるから、話さないようにしているだけだ。

「私は、ナナと言います。名なしの、ナナです」

ナナは三人に名前を教えた。三人がナナに名前を教えてくれたからだ。じっと見つめると三人のやわらかかった表情はこわばったものに変わった。ナナは失敗したと思って身構えたが、鞭が飛んでくることはなかった。

「お風呂、入ろうね。洗ってあげるから」

やっとのことで、と言ったふうにドリーが声をかけてくれた。背中の痛みは取ってもらったので、後は水の冷たささえ我慢すればいい。ナナはそれに頷く。ローリーがナナの手を引いてベッドから下ろしてくれた。

「ありがとう、ございます」

緊張しながら三人を見上げる。優しい目をした三人がナナは大好きになった。

三人はナナをお風呂に入れると、いい匂いの石鹸《せっけん》で擦りまくった。泡が楽しくてはしゃいでも誰も怒ったりしなかった。

「これは、まあ、なんというか」

「綺麗《きれい》になったわねぇ」

「か、可愛い……」

三人がうっとりしてナナを見つめた。ふかふかのタオルで体を拭かれるのが、こんなに気持ちいいことなのだとナナは感動中だ。

「髪が長いから乾くまで時間がかかりそうね」

ミミがそう言ったのを聞いて、ナナが調子に乗って風を起こして髪を乾かした。

「ええ！」

「すごい！　魔法が使えるのね！」

「はい。風と、火が使えます」

得意げになってそう告げる。三人に褒めて欲しかった。けれども三人は複雑そうな顔をしていた。

「そう……それで」

ドリーはそう言って、そっとタオル越しに抱きしめてくれた。よくわからなかったがナナは嬉《うれ》しかった。

「さあ、ナナちゃん、服を着ようね」

ミミに言われて服に袖を通した。こんな複雑な服を着たことはない。

「どうかしら」

そう言ってドリーがナナを鏡の前に立たせてくれた。くすんだグレーのズボンに白いシャツ。ごわごわだった髪も香油を塗ればキラキラと輝く銀髪に見えた。その髪をローリーが三つ編みにしてくれている。支度が整ったナナの周りを三人がぐるぐる回って、その姿を眺めてくるので少し恥ずかしい。

「見てこの透き通るような白い肌」

「髪だって銀色の絹糸みたいよ」

「それにこのピクピク動く耳！　あーもう、耳の内側も薄いピンク色でなんてかわいいのかしら！」

鼻息を少し荒くしながら三人はナナを称えた。ナナは褒められたことと綺麗な服を着たことに高揚していた。

ドンドン

「獣人の用意は出来たか？」

ドアを叩《たた》く無粋な音が四人を現実に戻す。一瞬で仕事の顔を取り戻したドリーがナナの襟のリボンの最後の調節をする。

「さあ、出来たわね……」

ミミの声が名残惜しい声に聞こえるのが、気のせいではなかったとわかったのは、三人が交互にナナを抱きしめてくれたからだ。

ふわりと香る優しい匂いをナナは覚えておこうと思った。

*　*　*

「これは、これは。手放すのが本当に惜しいな」

屈強そうな兵士に連れられて部屋を移動したナナは、またツガーレフに手を引かれていた。綺麗にしてもらったナナを見て、ツガーレフが嫌な視線を送ってくる。地味な色のズボンと上着はそんなに驚く要素はないように思う。髪型だって前髪を少し切られて髪を三つ編みにしただけだ。初めて履いた靴だけは歩くたびに違和感があるけれど。

鎧《よろい》を身に付けた男が対になるように立って、重そうな扉を守っている。その先には赤い絨毯が敷き詰められていて、階段の上の玉座には威厳ある男が座っていた。ぐいとツガーレフに頭を掴《つか》まれて深くお辞儀させられた。小声で「国王様だ」と教えられた。

「これが、ポーラが言っていた獣人か？」

「そうです。私が所持しているユキヒョウの獣人です」

下を向いていたナナが今度は無理やり顎を掴まれて、王に顔を向けさせられた。目だけ動かしてみると、王の隣に立つ神経質そうな男は見たことがある宰相で、さらにその後ろに男がいたが、薄暗くてよく見えない。

「まだ子供じゃないか」

王はナナを見て呆《あき》れたような声を出した。

「ええ。ですが、そこの兵士二人より強いですよ。魔法も火と風が使えますから旅には重宝するでしょう。試しますか？」

「なに⁉　二属性も使えるのか⁉　面白い、おい、お前たち、どちらか相手してやれ」

「二人同時でも大丈夫ですよ。そのくらいでないと賢者様はお守り出来ないでしょう」

王にそう命令されて二人の兵士が困った顔をしてナナの方にやってくる。

「人間には危害を加えることが出来ませんので今だけ契約を一部解除します。ナナ、その二人を拘束しなさい」

「はい」

ツガーレフに前に出されてナナは返事をする。馬鹿にされたと思った兵士たちが、両側からナナを取り囲もうとした。

ひゅっ、と風が吹いた。

兵士二人はあっという間にお互い向き合うようにくっつけられていた。周りにはびゅうびゅうと音を上げながら二人を包むように風の渦が出来ている。

「何が起こったのだ？」

「両側から押さえられそうになったので風の魔法で二人を拘束したのです。ナナ、もういいですから二人を離しなさい」

「はい」

ツガーレフに言われたナナが二人を風の渦から解放する。抱き合うようにくっつけられていた兵士がぶるぶると頭を振った。

「これは、すごいな」

「ええ。それでいて従順です。賢者様の命を守るように契約をしましたが、ご希望なら契約を加えることも出来ます」

「なるほど。それはいい。賢者様、獣人は特殊な契約をすると、人には決して逆らえないのですよ。ですから安全なのです。貴方が身軽に移動したいと仰るので、ツガーレフがこの希少な獣人を貸してくれると申しています。まあ、知能はさほど期待できませんが、御身の安全のためにはこれで妥協して頂けないと……」

そこで、王とツガーレフの会話を後ろで黙って聞いていた男が口を開いた。

「俺はポーラ姫との縁談をお断りしただけだ。貴方がたが、どうしても俺に結婚させたいという意味が理解できない」

「賢者様、我々にとって神託とは絶対なのです。神は私に告げました。賢者様がこの地で力を発揮するには、この地の者と婚姻を結ぶ必要があるのです」

「何度言っても分かり合えそうにない。大体、俺は賢者などではない」

「お戯れを！　貴方は枯れあがっていた湖を一晩で元の姿に戻したではないですか！」

「いや、それは……」

「いいですか？　神の神託があったその日時に、貴方はそれを違えることなく、異世界より落ちてこられました。これが奇跡でなくて何でしょうか？　このメルカレーナの干あがった大地を緑に戻せるのは、賢者様しかありえないのです。どうか、この地をお救いください」

「……」

賢者と呼ばれる男は困ったような声色だった。ナナは成り行きを窺《うかが》うことしか出来ない。

「その子が一緒だったら身軽に安全な旅ができるのか？」

「魔獣や困難からこの者が貴方を守ります。そう、命に代えても」

「命……？」

「そう契約を加えました」

「契約？　え、もう勝手に？」

「ええ」

当然だとツガーレフが言う。

「契約は解除できるのか？　こんな子供に命がけで守ってもらうなんて……」

「お気に召しませんか？　契約ごとに獣人の寿命は縮みますが、契約は加えることが出来ます。賢者様の思うままに。あまりに注文の多い契約には心臓が止まって死ぬものが多いのでお勧めはしませんがね。何度も契約を加えることもお勧めしません。私が育てた獣人はこれだけなので、ご不満なら引き取って帰ります」

「寿命って何だ？　死ぬって⁉」

「私に従う契約の上に貴方の命を守ることを心臓に書き込んだので、ずいぶん負荷がかかるのです。まあ、獣人ですからお気になさらず。耐えられたってことは、コレが頑丈だということですから。もうすこし契約を加えたとしても生きていられるでしょう。それとも、獣人に嫌悪があれば、人間の従者をつけますか？　屈強な者を三人ほどと侍女数名をつければ、人数は多くなりますが大丈夫かと……」

「ちょっと、待て。俺が従者にしなくても、この子の増えた契約はそのままってことか？」

「ええ。そうですけど」

ツガーレフはどうして賢者が獣人の命にこだわるのか不思議で仕方ないといった様子だ。王も首をかしげている。ナナもこれを不思議に思った。

「――いい。その子を従者にする。俺の従者にして構わないんだな？」

「ええ。そうですが、気に入らなかったのではないですか？」

「いいや。俺が連れて行く。そうしたら身軽に移動できるんだろ⁉」

賢者が息巻きながらツガーレフに言うのに宰相も驚いた顔をしていた。

ナナは『従者って何だろう？』と思いながら足元の床を眺めていた。


賢者様の従者になることが正式に決まってから、ナナは一週間ほどで従者の心得なるものを叩きこまれた。どうやら賢者様の身の回りのお世話と、安全を守ることが仕事らしい。今までは字を読むことも書くことも禁止されていたが、それも許されることになった。ナナの覚えが早いことに教師は舌を巻いていた。

一、賢者様のいうことはどんなことでも叶《かな》える努力をすること。また、断らないこと。
二、賢者様を命に代えてもお守りすること。
三、どんな時でも賢者様の伴侶探しを優先して邪魔しないこと。
四、賢者様の伴侶が決まった時は、速やかにツガーレフ様に知らせに神殿に戻ること。

ナナが守らなければならないのはこの四か条。神殿でもそうだったが一般に獣人は頭が良くないと思われている。ナナは人に近い姿の獣人だからか、それには当てはまらなかった。

ツガーレフでさえ『言葉をしゃべれるくらいには少し賢い』程度の認識だ。きっと読み聞かせた絵本の文字も、ナナが一度で覚えていたなんて思いもしなかっただろう。

そんなナナに皆はかみ砕いて簡単に物事を教える。あまり覚えがいいことは気づかれない方がいいと早々に悟って、分からないふりをした。どうやら表向きは各地で賢者様に教えを乞うことが目的だが、真の目的は賢者様の伴侶をさがすことらしい。これから回る三か所の土地に賢者様のお見合いが用意されている。いずれも素晴らしい女性が賢者様の訪れを待っていて、どの方が伴侶に選ばれてもおかしくないのだそうだ。そして、もしも賢者様が誰も選ばなかった場合はポーラ姫とご結婚されるらしい。

賢者様はお嫁様を探しているのだ。

従者と決まった日以来、顔を合わせていない賢者様の顔を思い出そうとして、うーんとナナは頭を悩ませる。黒髪だったことは思い出せるのだが、顔が浮かばない。多分、獣人を嫌うあの場の独特の雰囲気に、あまり顔を上げられなかったからだろう。

――いいや。俺が連れて行く。そうしたら身軽に移動できるんだろ？

ただ、声は落ち着いていて好きな声だと思った。

従者とは主人となった人を支え、献身的に尽くすものだとも言われた。移動は馬車なのでナナが世間知らずでもいいらしい。獣人のナナを従者にするなんて変わった人だ。せめて感情の起伏の激しい人でなければいいな、と思う。魔獣が出たら身をもって主人を守るのが役目で、きっとそれ以外はさほど期待されてはいない。そんなことはナナにだって十分に分かることだった。

＊　＊　＊

明日、出発するという日にナナは賢者様とあらためて顔合わせすることになった。身支度するのにローリーが来てくれたので嬉しかった。しかも、ドリーとミミと三人でナナにリボンをプレゼントしてくれた。ナナは嬉しくて飛び上がってしまった。

「とっても綺麗です。ありがとうございます」

お礼を言うとローリーが頭を撫でてくれた。ナナは心がぽかぽかして、胸がモゾモゾした。

ローリーは見たこともない美しいリボンを髪に結んでくれた。そして、ナナがひとりでも出来るようにとポニーテールの結び方を教えてくれた。何度も鏡を覗き込んで、自分の髪にそれが結んであるのを確認する。幅の広いリボンはナナの瞳の色に合わせた藍色だ。プレゼントをもらったことが嬉しくて、こそばゆくって、ナナは走り出したい気分になった。

「頑張ってね」

衛兵に連れていかれる前に、ローリーがこっそりと抱きしめてくれた。不安でいっぱいだったナナは『これで頑張れる』と思った。


連れにきた衛兵の足は速くて、歩幅の小さいナナはちょこちょことついていく。重そうな扉の前に到着すると、すでに賢者様ともう一人が座っていた。

「お待たせしました。ほら、賢者様に挨拶しろ」

急に前に出ろと促される。ナナは頭を上げていいのかさえも分からず戸惑った。動作を間違えると、叱られてしまうことが多いのだ。

「け、賢者様。ナナと申します。よろしくお願いします」

ビクビクしながら挨拶すると賢者様がこちらに顔を向けた。ナナにはそれがスローモーションのように見えた。

黒色の髪が揺れてその顔がはっきりと見える。切れ長の一重のきりりとした瞳がナナを捉えると体がびくりとした。まるでツガーレフに契約をされたときのように、心臓が急にキュウと締め付けられる。けれども、それは契約の時のように気絶するような痛みはない。ただ、その姿に目が釘付《くぎづ》けになった。

（この人だ）

なにが、どうだなんて、ナナには何も分からない。けれど、体が喜びで震えていた。

「よろしくね、ナナちゃん」

動けないナナに賢者様が声をかけてくれる。うっとりとその声を聞いていた。

「賢者様、このような獣人にお声なんて、かけなくてもいいのですよ？」

心地よく声を聞いていたナナは、もう一人の声に現実に引き戻された。その声を辿《たど》ると賢者様の隣に綺麗な顔の子がいた。金色の髪はきらきらしていて、茶色の瞳がこぼれそうに大きい。一見、女の子にも見えたが声の感じは男の子のようだった。

「ヨーゼフ、一緒に行動するんだから仲良くしてくれよ」

「本当に、賢者様はお優しい」

ヨーゼフと呼ばれた子はやれやれといった感じで賢者様に言った。どうやら賢者様のお付きはもうひとりいるらしい。それもそうか、ナナは盾でしかない。なんだかナナはがっかりした。なぜか、賢者様をひとり占めできないことがとても悲しかった。

「俺の名前は柳本幸造《やなぎもとこうぞう》といいます。こっちはヨーゼフ。ナナちゃんと一緒に俺のお世話をしてくれるんだ。仲良くしてね」

賢者様は優しく語りかけた。ナナはそれをうっとりして聞いた。賢者様は『やなぎもとこうぞう』と言う名前なのだ。

幸造を見るとナナはそわそわフワフワした気持ちになる。それでも、ちっとも嫌な気はしなかった。

「ぼんやりしたヤツだな。本当にこんなのが魔獣を倒せるのかよ」

ヨーゼフが小声で嫌味を言ったが、ナナはただ幸造をニコニコして見つめていた。

顔合わせが済むと部屋に帰された。幸造をもっと見ていたかったが、今は叶わない。明日からは一緒に居られるのだからとナナは我慢した。

忘れないようにツガーレフに渡された薬を飲んで目を閉じる。早く朝が来ないかと眠るのは初めてだった。


「賢者様。どうぞ気を付けて。必ず帰っていらしてくださいね」

にっこりと笑うポーラ姫が幸造の手を両手で包むように握った。どうしてだかそれが嫌で、ナナは顔に出ないように、ぎゅっと指を握りこんだ。幸造がそっとポーラ姫の手を剝がそうとしているのを見て少しほっとする。どうやら幸造はポーラ姫が苦手なようだ。

「なんだよ、獣人と同じ馬車に乗るのか」

ヨーゼフはナナに嫌悪感を隠さない。しかし、学習したのか、幸造の前ではいやみを口走ることはなかった。名残惜しそうにするポーラ姫を振り切って、幸造は馬車に乗り込んだ。続いてヨーゼフ。そしてナナが慌てて乗り込んだ。御者がナナを見て、あからさまに嫌な顔をした。「獣人を乗せるなんて世も末だ」と小声で言うのを耳が拾う。いつものことなのでナナは聞こえないふりをした。

「どうして床に座るんだよ。隣においで」

「賢者様、ダメです。獣人は床で十分です」

六人乗りの空間に三人。ナナは椅子に座ろうとはしなかった。そんなことをすれば叱られることも分かっている。そんなナナを見て幸造は自分の隣の場所を勧めてくれた。ヨーゼフがあからさまにナナを睨《にら》む。

「賢者様、ナナはここで十分です」

言ってナナは体を伏せて幸造の足元に座る。馬車が揺れるので獣のように肘と膝を床に付けて四つん這《ば》いだ。ナナは幸造の傍にいるだけで気持ちが高まって幸せだ。けれども幸造はそれが気にくわなかったらしい。

「ダメだ。俺の護衛なんだから隣に座って」

少し強めに言われて顔を上げる。命令とあればナナは従わなくてはならない。ヨーゼフの顔を見れば、後で叱られることが間違いないだろう。迷っていると幸造はナナを座席へと引っ張り上げた。

「ナナちゃんの席は俺の隣」

ナナが隣に座ると幸造は嬉しそうにしてくれた。ナナの心臓が跳ねる。摑まれた脇腹の感触が熱い。なんて優しく触れるのだろう。離れていったその熱をナナは惜しんだ。

城から向かうのは山の向こうの領土である。ポレタビレという地名のそこには、かつて聖なる木がたくさん生えていた。その実はあらゆる病気を治すと言われるもので、この国で作る薬の原料として有名だった。けれども、いつしかその木は成長をやめ、枯れ始めた。今では三株しか存在しなくなったそれを、王は幸造に見てもらいたいと思っているらしい。

ポレタビレに行くには森を越えていかなくてはならない。二、三時間、馬車が走れば魔獣が現われるようになるだろう。そうなったらナナの出番である。無事に幸造を守ることが出来るかな。そんなことを思いながら、ナナは近くにある幸造のぬくもりにドキドキしていた。

規則正しく進む馬車の音に不穏な音が混じるとピクリとナナの耳が動く。御者が叫ぶ前にナナは体を起こしていた。

「魔獣だ‼」

その声でナナは馬車の窓から外に出ようと窓枠に手をかけた。ドアからだと風圧で幸造たちが外に出されて危ない。

「ちょっと、どこに行くつもり⁉」

幸造が窓から外に出ようとするナナのシャツを掴む。ナナはそんな幸造に困惑した。

「幸造様！　獣人はこのためにここに乗っているんです！　おい、お前！　早く何とかしてこい‼」

「何とかって、ナナちゃんが一人でってこと⁉」

「幸造様‼　来ましたぁ‼　怖いィ‼」

ヨーゼフの声で緩んだ幸造の手を優しく剝がすと、ナナはするりと窓を開けて馬車の屋根に移動した。外へ出る時にちらりと見た光景。幸造の肩に顔をうずめて震えるヨーゼフに、ナナは不快感を募らせた。従者なら主人を守るべきなのに。

そうこう思いながら後方を見上げると、魔鳥がこちらに向かってギャアギャアと騒いでいた。幸い二、三匹だ。ナナは風魔法に乗せて火の玉を魔鳥に向かって打った。魔鳥は驚いてまたギャアギャアと騒ぎながらも距離を取り出した。これなら大丈夫だと、ナナは先ほどより大きな火の玉を魔鳥に当てないように威嚇して打った。魔鳥はそれを見て、さらに距離を取ると次第に見えなくなった。ナナはしばらく戻ってこないか観察してから、ゆっくりと馬車の中に戻った。

「ナナちゃん……」

心配してくれていたのか、幸造が窓から入ったナナを見てホッとした顔をしていた。ナナが元の場所に戻ろうとしたとき、ヨーゼフが立ち上がった。

パシン‼

幸造に気を取られていたナナは受け身を取れずに、向かいの席に吹っ飛んだ。顔を上げると興奮したヨーゼフがナナを殴ったのだと分かった。

「この馬鹿‼　なんで、始末しなかった‼　魔獣を驚かせて逃がしただけだろう！　また襲ってきたらどうするんだ！」

幸造の前に出て肩を怒らせて怒鳴るヨーゼフに、ナナは今頃主人を守るように前にでたのかと思った。

「魔鳥は縄張りに入る者を嫌います。縄張りを抜ければ安全だと判断しました。それに魔鳥は集団で生活していて、一匹でも死傷すると何十匹もが報復にやってきます」

「口答えするな！　獣人のくせに！」

ガツリ、と今度は腹を蹴られた。理不尽な暴力はナナにとって日常だ。歯向かうことも出来ず、ナナはいつもこうやって相手の怒りが通り過ぎるのを待つだけだ。

「やめろ！　何をしているんだ‼」

だから、そこで助けられるなんて、ちっとも思い浮かばなかった。幸造はものすごく怖い顔をしていた。

「ナナは俺たちを助けるために一人で外に出て魔獣を相手したんだろう⁉　それを、『ありがとう』でなく暴力で返すって⁉　どうしてそんなことが出来るのか理解できない！悪いけど、君たちのそういう常識にはついていけない！」

ふわり、とナナは幸造の匂いを嗅いだ。幸造がナナを守るように前に立っているのだ。

「幸造様！　獣人は罪を背負って生まれてくる罪人です！　どうして庇おうなんて！　貴方はこちらの常識がまだ理解できていないだけなんです。コレのせいで僕たちが不安になるなんてあってはならないのです！」

「じゃあ、罪って何なの？」

「え」

「どんな罪なの？　当然、君はそれを知っていて、そんなことを言っているんだよね？」

「あの……それは……」

「ナナとはこないだの顔合わせで初めて会ったんだ。ヨーゼフに恨まれることをする時間などなかった！　あるのは君の獣人に対する偏見と差別だけだ！　――今後、いかなる暴言も暴力も許さないから！」

幸造はそう言い切ってからナナの頬を労わるように触れた。そうして渋るヨーゼフに氷を包んだハンカチを用意させると、頬に当てるように言って渡してくれた。幸造はナナの蹴られたお腹も気にしていて、確認したいようだったが、大丈夫だと首を振った。幸造の肩ごしに悔しそうに顔をゆがめるヨーゼフが見える。幸造が守ってくれたことは素直に嬉しい。けれどそれが幸造の立場を悪くしないか不安だ。

「着きました」

馬車の中でのやり取りは聞こえていただろうに、御者は知らん顔でそう告げた。険悪になっていた雰囲気から解放されて、ヨーゼフも少しほっとした様子だった。ツタのからまった門の前に幸造とヨーゼフが立ち、御者とナナが後ろに立った。もう賢者一行が着いたことは伝わっているようだ。

「わしは、お前が魔獣に詳しくて助かったと思っている。仲間が魔鳥を殺しちまって群れに襲われて死んだからな。……ありがとよ」

御者がこっそりとナナにそう言った。ナナがびっくりして顔を上げるとわしゃわしゃと頭を撫でられて、褒められたのだと胸が熱くなった。

幸造と出会ってから、ナナはいろんな気持ちを持つようになった。嬉しいことが多くなったがイライラすることもある。幸造はかばってくれたけれど、自分が罪を背負って生まれてきたならば皆に嫌われても仕方ない。諦めることばかりで成り立っていたナナの生活に新しい感情が生まれてくる。ナナはそれに戸惑うしかなかった。

「これは、これは、賢者様‼　足を運んでくださって感謝いたします！　森を抜けてこられたのです、お疲れでしょう？　私はポレタビレ領主のマルクエラです。どうかお見知り置きください。すぐお部屋にご案内いたします」

恰幅《かっぷく》のいい男が幸造を出迎えた。その隣には美しい黒髪の女の人がいた。着飾り方を見ても多分、見合いの相手なのだろう。チクリとナナの胸が痛む。

「これは私の娘メディアーンです。さ、賢者様たちをお部屋にご案内しなさい」

「こちらです。賢者様」

ナナは幸造とヨーゼフがメディアーンに案内されて屋敷に入っていくのを見ていた。

「お前はこっちだ。ちっ、見るな、獣人め！」

あからさまに邪険な態度を取る、マルクエラの使用人が地面に唾を吐く。気遣ってくれたのか御者がそっと背中を押してくれた。どうやらナナは馬車の馬と同じ厩舎《きゅうしゃ》で過ごせばいいようだった。使用人の態度に、ご飯はもらえるかな、とお腹辺りの服をぎゅっと握った。

「待って！　ナナは俺の護衛なんだ。俺と同じ部屋にしてくれ！」

そこで、幸造の声が聞こえた。ナナは顔を上げる。いつの間にかちゃん付けでもなく『ナナ』と呼んでくれている。幸造がそう言ってくれるだけで十分だった。

「賢者様、屋敷に獣を入れることはできません」

領主の言葉に幸造がピクリと眉を動かした。

「獣……。では俺もナナと同じところに泊まらせていただきます。賢者とか言われていますが自覚はないので。実際、俺はちっとも働いていないのですから」

「困ります！　賢者様！」

「幸造様‼」

焦る領主とヨーゼフの声が聞こえた。ナナは何も出来ず、ただ立っていた。幸造はナナの後ろにいる使用人に問いかける。

「この子をどこに連れて行く気だったの？」

「え、あの……厩舎に……」

「じゃあ、俺もそこに案内して」

「いや……それは……」

「いい？　俺は異世界から落ちてきた野蛮人なんだ。だから、獣人と一緒にいる。貴方がたの問題が解決するかは分からないけど、仕事はきっちりするつもりだから、食事の世話はお願いします。ナナと俺の二人分、持ってきて」

「ぼ、僕は無理ですよ！　幸造様！　そんなところで寝泊まりするなんて、病気にでもなったらどうするんです？　貴方の従者になれば、いい思いが沢山出来ると聞いて立候補したのに！」

ヨーゼフは幸造を説得しようと必死だ。けれどもそんなヨーゼフに幸造は眉を顰《ひそ》め言った。

「別にヨーゼフは来なくていい。領主、この子には部屋を用意してやってください」

「そんな！　私は貴方の世話係を任命されているのですよ！」

「平気で女の子に暴力振るうやつに世話なんて焼かれたくない。しかも俺の世話って、何の世話したってての？」

「くっ！　この先後悔しますよ！　世間知らずの賢者様と獣だけの旅なんて！」

「ナナのこと蔑んで旅するより、ずっと快適だけど？」

「だから！　獣人は‼」

興奮したヨーゼフの言葉を遮ったのは領主だった。

「賢者様はその獣人と一緒でないと、屋敷にはお泊りにはならないということなのですね」

出し抜けに、そう言った領主のひと声に場が静かになった。

「厩舎に賢者様をお泊めしたと知れれば、私の評判も下がります。屋敷の中庭にゲストハウスがあります。用意していた部屋からはグレードは落ちますが、急いで準備しますのでそちらにお泊りください」

「え、ナナと一緒に？」

「ええ。そちらなら獣人と共にお泊りになって構いません。ただ、お食事はご一緒のものをお出しいたしますので獣人はそちらで。賢者様は私たちとご一緒に願えますか？　こちらの従者の少年も、すぐに帰されたとなれば城で評判が落ちてしまうでしょう」

「……お気遣いありがとうございます。では、そうさせて頂きます」

「いえ。知らない場所で、いきなり護衛もいない状態で泊まれと言う方が無粋だったのです」

領主の言葉に安心したのか、幸造がナナの頭を優しく撫でてくれた。ナナはオロオロとするだけだ。本当に、幸造と一緒に泊めてもらっていいのだろうか。

連れていかれた部屋はナナが今まで見たことのないような美しい部屋だった。ヨーゼフは「最高級の部屋に泊まれるはずだったのに」とこぼしていたがナナには十分キラキラした部屋だった。

「お召し物を。これから僕が役に立ちますよ？　幸造様」

ヨーゼフは幸造に複雑な衣装を着せていく。なるほど習わなければ着せることはできないだろう。幸造もそれは分かっているのか黙ってヨーゼフに身を任せていた。

「さて、参りましょう」

ヨーゼフと幸造は準備を整え終わると食事に向かった。何よりも幸造に「留守番していてね」と言われたことがナナは嬉しかった。ナナは幸造が寝るはずだろうベッドの脇にひざを抱えて座った。

しばらくしてドアが叩かれて食事の匂いがした。クンクンと鼻を動かして、ナナは入ってきた人物が出ていくのを待った。こういう時に居合わせると今までの経験から、ろくなことがない。姿は極力隠していた方がいい。ドアが閉まる音がして数分待ってからナナはベッドの脇からそろりと出た。

「わあ」

豪華な食事にナナは声を上げてしまった。ホカホカのスープに柔らかそうな焼き立てのパン。焦げ目のほど良くついた肉。甘い匂いがする果物もある。

食事はテーブルの上に綺麗に並べてあって、ナナは絵本の世界みたいだと思った。ただ、ナナが獣人だからなのかカトラリーはついていなかった。しかし、そんなことは気にしない。ふらふらとつられるようにテーブルに近づくとフワフワのパンを手に取った。

「……‼」

食べたことのない味が口の中に広がる。小麦の甘い香りが鼻に抜けて、口にいれたはずのパンが舌の上で溶けてしまった。こんなおいしいものがあるのか！　それから夢中で食事をした。スープもちゃんと味がある。なにもかもが初めてで、とてもおいしかった。果物の皮までぺろりと平らげると、ナナはうまれて初めて満腹という感覚を味わうことが出来た。

幸造と一緒に旅が出来て、なんて幸福なんだろう。ナナはうっとりと自分の幸せを噛《か》みしめていた。そして、こんな幸せを運んでくれる幸造を絶対に守ろうと思った。


明かりもつけずにじっとベッド脇で伏せの体制で待っていたナナは足音で幸造が帰ってきたのが分かった。ナナのしっぽは嬉しさにピンと立った。

「ナナ？」

パッと明かりが灯されて部屋が明るくなるとナナは幸造を出迎えて頭を下げた。

「真っ暗じゃないか」

日が暮れたので、暗いのは当たり前なのに幸造はそんなことを言った。よくよく聞けば灯りを点ければ良かったのに、ということらしかったが、ナナにはどうでもいいことだった。

「ただいま、ナナ」

幸造の手がナナの頭を撫でた。こんなご褒美があるなら、他のことなど、どうでもいいことだ。


「じゃあ、お休み」

「お休みなさい」

「幸造様！　お疲れさまでした！」

ゲストハウスはメインの部屋とは別に寝室が四つあった。一番奥の大きな部屋には幸造が眠る。手前の三部屋はヨーゼフとナナが好きに使っていいと言われた。ヨーゼフはいそいそと自分の荷物を戸惑いなくその中の一室にいれた。

「明日、幸造様は領主様と万能の実のなる、パラパトの木がある神秘の森に向かわれる。そのあとの昼食はメディアーン様と二人きりで過ごされる予定だからそのつもりでいろ。幸造様はポーラ姫が苦手のようだったからなぁ。メディアーン様はお気に召すだろうか。少しあどけないようで独特の色香がある方だったなぁ。胸も大きいし、世の男なら誰でも喜ぶような美女だった……誰を選んでも皆、大金持ちの美女ばかりなんだけどなぁ……」

うっとりと思い出しているヨーゼフの言葉に、ナナはメディアーンの容姿を思い浮かべる。確かにきれいな人だった。艶やかな黒い髪は腰まで長く、大きな瞳は長いまつ毛に覆われていた。桃色の頬に少し腫れぼったい唇、ふっくらした女らしい肢体……思わずナナはガリガリの自分の体を見てため息が出る。幸造とお見合いできる女性はナナとは違いすぎる。そもそも比べるまでもないのにな、と気落ちしたナナはツガーレフに貰った薬を飲むために自分の鞄《かばん》を探った。音を立てたナナに我に返ったヨーゼフは、またあからさまに眉間にしわを寄せた。

「まさか、人間用のベッドで寝るつもりじゃないだろうな？　ちょっと幸造様に優しくされたからって、いい気になるなよ？　もう一つの部屋は明日の幸造様のご衣裳《いしょう》を用意する部屋にする。お前はそこの収納スペースにでも毛布をもっていけばいいだろ？」

幸造がいなくなるとヨーゼフの態度は変わる。薬を飲み終わると、ナナは鞄と毛布を一枚持って言われた場所にその身を滑り込ませた。ここなら幸造に何かあったときすぐに飛び出せる。隙間からヨーゼフが明日の用意をする姿がよく見えた。幸造を怒らせたヨーゼフだったが、食事から帰ってからは機嫌が良かったので許してもらえたようだ。

幸造はメディアーンを好きになるのだろうか。そう思うと悲しくなる。ナナは毛布をぎゅっと摑んで目を閉じた。

何ごともなく朝が来た。

朝食の時、ナナと一緒のテーブルで食べると幸造が言い出して、少し揉《も》めることになったが、後は特に問題もなく神秘の森へと出かけることができた。

先頭はマルクエラと両側に控える護衛。その後ろに幸造とメディアーンが歩いていた。ナナの目から見ると二人はとても仲が良さそうに見える。その後ろにまた二人の護衛が付き、ナナとヨーゼフは最後尾を歩いた。

神秘の森は少し変わった空気を纏《まと》っていた。少なくとも、ナナはそう感じた。嫌な感じではないのだが、時折体にフワフワと何かが当たる感覚があるのだ。ナナは幸造にも何か変化がないかジッと眺めていた。パラパトの木が見えてきた頃には、辺りは平原のように木も生えず、そこだけがぽっかりと空いたようになっていて、木の周囲には厳重な柵が設けられていた。入り口には見張りが二人、中には三本の木がある。柵のカギを開けてマルクエラが幸造を中に招くと、マルクエラが残念そうにその木を手で撫でた。

「賢者様、パラパトの木は奇跡の実が実る特別な木なのです。この神聖な地に昔は多くの木が生えていました。その実は人を癒し、傷を治す万能薬になります。ですがもうこの三本を残して、すべて枯れてしまいました」

マルクエラはそう言うと幸造に木を見てもらうために場所を譲った。幸造はゆっくりとその木に近づくとそっと耳をつけた。まるで、木の話を聞くかのように。

「何か、分かりますかな？」

「……少し静かにお願いします」

しばらく幸造はそのままの体勢だった。ジッと動かないので、まさか眠ってしまったのではないかと思うくらい長い間、パラパトの木に耳をつけていた。

「この土地が汚染されているのが原因のようです」

「え⁉」

「十年ほど前にひとつ山向こうに鉱山が発見されていませんか？　そこの発掘現場からこの木の根を腐らせる毒が流れ出ているようです。発掘をやめて木を高地の南側に移動させるのが良いでしょう」

「た、確かに十年前からです。ここが枯れ始めたのは……。すぐに、すぐに移動させます！」

「待ってください。弱ったまま移植すると駄目になってしまいます。少しどいていただけますか？」

そう言うと幸造は前に出てきていたマルクエラを下がらせて両膝をついた。両掌は木を労わるように添えられる。しばらくすると徐々に木が光り出した。奇跡だ、奇跡だ、と誰彼ともなく声があがる。幸造が起こす奇跡に皆驚かされて、ただ見守るだけだった。

三本とも同じようにして幸造は木を元気にした。光った後のパラパトの木は誰の目から見ても艶やかで生命力に溢《あふ》れていた。マルクエラは一層幸造を大事に扱い、娘のメディアーンは熱い眼差しでその姿を追っていた。幸造が望めばメディアーンは喜んで婿に迎えそうだ。そのままいい雰囲気で昼食に向かう二人をナナは見つめていた。本当は護衛と言う名目でついていきたかったが、マルクエラの護衛が行くことになったので大人しく待つしかなかった。

ナナは皆が昼食を始めたのを見て少し離れた場所に座った。当然のようにナナの分は用意されていなかったが、思いがけず朝食が食べられたのだから平気だった。

マルクエラが頭を抱えていた問題が解決する見込みが出て、やっぱり幸造は賢者なのだと皆が口々に称えた。幸造はもう次の場所に行きたがったが、経過を見てくれないと不安だとマルクエラに言われて、十日ほどポレタビレに滞在することになった。日に一度はパラパトの木を見に行くのだが二日目にはもう植え替えが済み、四日目には元気な様子だったので、幸造の一日のほとんどはメディアーンとのデートの為にあるようなものだった。

幸造が獣人への差別を極端に嫌がるので、ナナは幸造の目のある所では不当な扱いを受けることはなかった。

二章　賢者様は元の世界に帰る方法をさがしている

五日目の夜。それは起こった。

夜中の物音にナナの耳がピクリと反応する。幸造の部屋からだ。収納スペースからするりと出ると足音を忍ばせて、その部屋に向かった。部屋には幸造の気配しかない。ナナは声をかけるか躊躇《ちゅうちょ》した。もしかしたら、夜分にメディアーンの部屋に向かうこともあるかもしれないと、事前にヨーゼフに聞かされていたからだ。その時はもちろん邪魔してはいけない。そして、そうなったら幸造はメディアーンを嫁に選んだことになると言われた。

じっと幸造の動きに感覚を集中させる。メディアーンを選んだのだろうか。幸造は服を着替えて袋に何かを詰めているようだった。そして、周囲を警戒している。しばらくすると窓を開けて外に出た。ナナも後をつける。

このゲストハウスにも護衛がいる。けれど、幸造はまるで何でも知っているかのように、その目をするするとかいくぐって、どんどん歩いていく。マルクエラの屋敷の垣根の隙間から外に出た時、メディアーンのところへ行くのではないことに気づいた。

幸造はどこへ向かうのだろう。

ナナはひたひたと後をつけていく。ずいぶん歩いたところで、幸造が持っていたランプに火を入れた。

「ダメです！」

幸造がナナの声に反応するのと、ナナがランプを地面に叩《たた》くのは同時だった。

ガシャン！　ガシャン‼　ガシャン‼

落ちたランプに次々と黒い塊が落ちてくる。夜にランプをつけると、その光に攻撃してくる魔獣がいると習ったことがある。夜に出歩いたことのないナナは、実物をみたことはなかったが本能が危険を察知した。

「な、なに⁉　え、え⁉　ナナ？」

いきなり襲撃されたことと、ナナがいる驚きで幸造が呆《ほう》けている。ナナは素早く火の玉を魔法で練って飛ばして追い払い、残った魔獣をナイフで仕留めた。真っ二つに切られたのは蝶《ちょう》の形をした魔獣だったようでひらひらと鱗粉《りんぷん》を撒《ま》きながら羽が落ちていった。

「大丈夫ですか？」

「ああ。うん。どうして、ここにいるの？　もしかしてずっとついてきていたの？」

「……幸造様を守るためにナナはいます」

「……」

「立てますか？」

「……ちょっと、驚いて腰抜かしたかも。何、このでっかい虫……」

ナナは泣きそうな声をだして尻もちをついている幸造に手を貸した。

「どこに行くつもりだったんですか？」

「……俺は逃げてきたんだ。悪いけど、戻るつもりはないよ」

「そうですか。ナナは幸造様について行ってもいいですか？」

「え？　でも……」

「幸造様がいなくなったらナナは役立たずです」

「あ……そ、そっか。ごめん。俺も考えなしだった。その、俺は元の世界に帰るつもりだ。だから、その時はいなくなるけど、ナナのことはちゃんと考えるから……その、それで良ければついてくる？」

「はい」

空がボンヤリと明るくなってきていた。

だから、きっと幸造にはナナの幸せそうに答える顔が見えていたのではないかと思う。すまなさそうにする幸造の顔も、ナナに見えていたのだから。

まだ薄暗い道。お互い不安な気持ちもあった。だから、その手がそっと繋《つな》がれたとしても、きっと何の不思議もない。その手の温もりが二人を励ましあっていた。

歩き疲れた二人は小高い岩の元で一休みすることにした。夜が明けきるまでに幸造はナナにいろいろなことを語った。それはきっと今まで誰にも言えなかったことかもしれない。まるで吐き出すように、ただ、誰かに聞いてもらいたいと零れ出たようだった。

「俺はね、本当になんの変哲もない会社員だったんだ。ふっつーの小さな文具メーカーの営業。ええと、そうだな。雑貨屋さんみたいな仕事。ポーラ姫やメディアーン様なんて足元にも及ばないけど、かわいい恋人がいて、いつか家庭を持つんだろうな、とか思って暮らしてた。でも、ある日、両親が事故でいっぺんに亡くなってしまったんだ。その事故で、保険やら賠償金やら莫大《ばくだい》なお金が俺のところに転がり込むことになってしまった。俺の心はぽっかり空いているのに、周りはうるさくなってしまって……。お金って怖いんだ。人が変わっちゃうから。恋人も急に変わってしまってね。結局別れちゃった。人間不信になってしまって、もう、どこかに雲隠れしたくなった時に、ここに落ちちゃったんだけど、こっちはこっちで賢者なんて言われて訳が分からない」

ナナは幸造と手を繋いで、ただ黙って聞いていた。それが一番いいと思った。

「誰にも言っていないけど、俺には精霊が見えるんだ。それで、色々教えてもらってる。その言葉を伝えているだけで本当は全然すごくも、なんともないんだ。でも賢者じゃないって言っても、誰も信じてくれない。お告げは絶対なんだってさ。皆親切にしてくれて、困っていることを解決したら喜ばれる。報酬をもらうなら仕事としてやればいいかって割り切ってた。だけど、やたら美女が迫ってくるんだ。周りもそれを公認してるっぽいし。元の世界でも色々あったから、なんか俺も疑ってかかっちゃって。で、昨日、精霊に教えてもらったんだ。マルクエラが、いや、国王たちは俺を元の世界に帰すつもりはないんだって。だから、奴らやたらと俺に結婚を迫ったんだ」

顔を上げて見ると幸造はつらそうな顔をしていた。

「俺と結婚した者はね、幸運と富を手にするんだって。これもお告げらしいよ。だから、こんな取り立ててイケメンでもない俺が、あんな美女たちに迫られてるんだよ。笑っちゃうよね。元の世界に帰ったって、たいしてやりたいことなんてないんだ。でも両親の墓守くらいはしてやりたい」

「幸造様は元の世界に帰りたいんですね」

ポツリと言うと幸造は力なく笑った。

「ゴメンね。小さな君の方がずっとつらい目に遭ってきただろうに。大の大人がこんなこと言っていて恥ずかしいよ」

「幸造様が帰りたいならナナはそれを手伝います」

「ありがと……ナナ。本当に、悪いと思ってる。俺、後先考えずにあそこを抜け出してきたけど、ナナが咎《とが》められることまで考えてなかった。連れて行かないとしても、逃げることを相談すべきだった」

確かに幸造が逃げたことがわかったら、ナナもただではすまない。けれどもナナは胸に契約があるのだからその死さえも選べることはない。今はただ、幸造の傍にいられたらそれでいいと思った。

「ナナは幸造様と一緒にいたいです」

「……その、頭を撫《な》でさせてくれる？　手触りが良くって。家で飼っていた猫を思い出すんだ。やんちゃな奴でね。ふらりといなくなっちゃったんだけど、可愛い奴だった」

「どうぞ」

少し戸惑ったが、撫でやすいようにと幸造の膝に上半身を委ねた。幸造の心臓の音がトクトクと聞こえる。大胆に近づいてきたナナに少し驚いたようだが、幸造は嬉《うれ》しそうに撫で始めた。

幸造の願いを叶《かな》えようと思う。いつかナナを置いて、元の世界に帰ってしまうのだとしても。それを手伝えることが幸せのように思う。幸造の手のぬくもりが伝わってくるとナナは胸がキュウキュウと締め付けられた。でも、嫌な感じではない。もしも願いが叶うなら、この瞬間に死んでしまいたいと思った。

「巻き込んじゃってゴメンね」

ポツリと言った幸造の言葉は聞かなかったことにした。

＊　＊　＊

「うーんと。精霊にもらった宝石があるからコレを換金したらお金になると思うんだ。

で、それでご飯を買う。でも、俺、銅貨と銀貨と金貨しか知らない。なんか、皆違う通貨使ってるよな。露店の通貨の価値とか物価がわかんないなぁ。ぼったくられても分からないや」

昼頃には大きな街に辿《たど》り着いた。幸造はお金を作って食料を調達したいようだが、ナナにも幸造と同じような知識しかない。しばし考えて提案した。

「ここで座ってしばらく人のやり取りを見ましょう。大体のことは分かるかもしれません」

「なるほど。あーえっと、ナナ。いつの間にか俺も呼び捨てしちゃっていたけど、ナナも俺のことは幸造って呼んで」

「……いいのですか?」

「呼んで欲しい」

「分かりました。幸造」

「フフ」

名を呼ぶと幸造がナナのポニーテールを摑《つか》んで揺さぶった。頭を撫でたかったのだろうけど、耳を隠すために今はリボンで隠していた。二人は露天商が立ち並ぶ通りの石段に腰を掛けた。

「親子連れに見えるかな? ナナっていくつなの?」

「ナナは十八です」

「え!? 冗談キツイ。どう見ても十歳くらいでしょ」

「ナナは交配の時期が決まるまで成長を遅らせる薬を飲んでいます。あ……」

「こ、交配？」

「幸造、薬を屋敷に置いてきてしまいました」

「ちょ、ちょっと待って、あの、交配って何？　本当にナナは十八歳なの？」

「ナナはユキヒョウという珍しい獣人なので、ツガーレフ様が数を増やしたいと言っていました。ユキヒョウではないですが、次に行く予定だったエポタロッテで白猫の獣人の雄が飼われているので、幸造様との旅が終わったら交配させると言われています」

「それって、ナナに子供を産ませるってこと？」

「そうだと思います」

答えると幸造が頭を抱えた。「人権どこ行った！」「くそっ」と声が聞こえる。ナナは薬がないことに悩む。

「幸造、このままだとナナは成長してしまいます」

「成長していいんだよ！」

「いいのですか？」

「いいんだよ！」

幸造はナナが成長してもいいのだ。それであれば問題はない。ナナは目の前の露天商の観察に戻った。

「幸造、どうやらあの店が石を換金できるお店のようです。小さい丸い形のものが十集まると一周り大きな穴の開いた形のもの、さらにそれが十集まると銅貨一枚になるようです」

「あー、うん。それっぽいね。ナナは視力もいいの？　てか、今ちょっと見ただけでそんなに分かるの？」

「ナナは大体の物は一度見たら忘れません。……これは幸造だけに言う秘密です」

「すごい。頭がいいんだ」

幸造に褒められると嬉しい。さっそく二人は幸造が精霊にもらったという宝石を換金することにした。

「お前さん、こんな透明度の高い精霊石、どこで手に入れたんだい⁉　売ってくれるのは嬉しいが、こっちも信用商売だ、やましいところから手に入れたものなら買わねぇぜ」

「えっと……。そうだ、これは、大切な親の形見なんだ！　難癖付けられるんだったらこっちだって売らないさ。墓を建ててやりたくて苦渋の決断で持ってきたが、あんたが買わないというなら他を探す」

「ま、待て待て待て！　買わないなんて言ってない！　そういう事情ならいいんだ！　売ってくれ！」

幸造の機転のお陰で宝石を売ることが出来たのでお金が手に入った。お金を手にするまで幸造は素知らぬ顔をしていたが、店を出た途端、ナナの手を引いて街外れの木陰まで走り出した。

「ハア、ハア、ハア。これ、なんだよ！　とんでもねぇじゃん‼」

精霊石と呼ばれる親指ほどの石はなんとあの通りの露店では一度も見なかった金貨四十枚に換金された。幸造はすぐに露店で使う用もあるので一枚は崩してくれと頼んだ。すると金貨一枚は銀貨九枚と銅貨十枚になった。

「幸造はお金が嫌いなのにね？」

狼狽《うろた》えている幸造にナナがその顔を覗《のぞ》き込んで言う。幸造の眉毛がハの字になった。

「必要だからありがたいけど、でも、これはちょっともらいすぎかなぁ……。そうだ、ナナにもコレ、一つ渡しておくよ。いざって時は役に立つかもしれない」

幸造はそう言って鞄《かばん》から精霊石を一つ寄こしたが、ナナは首を横に振った。

「ナナは幸造がいれば必要ありません」

「え、あ……。そう。なんか、熱烈な告白みたいだな」

照れる幸造にナナは笑って見せた。本当に幸造がいれば何もいらないのに。

それから手を繋いで露店を回って、換金したお金で昼食を食べた。宿の部屋を取る時に受付で「調べ物がどこかで出来ないか」と幸造が聞いて、街の大きな図書館に行くことになった。本はとても貴重なので図書館に入るのに銅貨一枚払わなければならなかった。外で待っていると遠慮したのだが、幸造はナナも図書館に入れてくれた。相変わらずこの街も獣人の扱いが酷く、街道をそれると涎《よだれ》を垂らした獣人が荷物を運ぶのに失敗して、鞭《むち》を打たれていた。ナナも獣人だとバレるといけないので露店でフード付きの服を買ってもらった。念の為、耳はリボンで隠した上にそれを羽織った。

「そう言えば、幸造は本が読めるのですか？」

「うん。こっちの世界の言語は全部何故か聞いたり、話せたり、読んだり、書けたりするんだ。まあ、だから精霊の言葉も分かるのかもしれない」

なるほど、とナナは思った。異世界から来た賢者はそういう能力があるのだ。幸造は大したことではないと言っているがずいぶん便利な能力だ。

「さて、俺は元の世界に戻れる手掛かりがあるか、こっちから読んでいくよ。ナナも分からないものは聞いてきていいよ」

幸造の提案に頷《うなず》く。まだナナには知らない単語の方が多い。けれどもそんなやり取りも初めの二時間ほどで、この国の言語の絵本なら、すぐに読めるようになった。


「異世界人についての本は少なかったなぁ」

夕方、図書館から出ると当たり前のように幸造と手を繋いで大階段を下りた。まだ幸造は読みたい本があったようだが一日で読めるような量ではなかった。ナナはまだ難しいものは読めないので、地図と周りの国についての知識を頭に入れた。

「お腹空いたね。お昼に食べたやつ、もう一回食べようか？」

大きく頷くと嬉しくて、繋いだ手にきゅっと力を入れてしまった。それに気づいた幸造が優しくナナに微笑む。ナナはしっぽが動き出しそうになるのをぎゅっと堪えた。

「熱いから気を付けてね。毎度～」

二本買った串の一本を幸造が分けてくれる。そんなことがとても嬉しい。分け与えてもらうのは嬉しい。木のテーブルと箱の椅子に座って並んで串の肉を頬張る。口の端についたタレを幸造が指で拭ってくれる。お返しにナナも幸造の頬についたタレを拭った。クスクスと笑い合って食べる食事は、今まで食べたどんな食事よりおいしかった。

「あの、ゴメンね。年頃だと思ってなくて同じ部屋にしちゃったから。ナナが気にするならもう一部屋取るよ？」

「同じ部屋の方がいいです。幸造がいいなら、ですが。それに急に年頃にはならないと思います」

　クスクスとナナが笑うと幸造も笑った。どうやら十八だと知って気を使ってくれたようだ。

「あのさ、俺、ちょっと成長を止めるような薬についての本もさっき読んだんだけど……」

「ナナの為に？」

「うん。あのね。そんな都合のいい薬なんてないんだ。ナナが飲んでいたのは多分毒なんだと思う」

「……そう、ですか」

「だから、二度と、飲まないで」

「……幸造がそう言うならもう飲みません」

「よかった。それにしてもこの国の人は獣人の差別がひどいね。その辺も軽く読んだけど他の国は仲良くしているところもあるみたいだった」

「幸造、帰る方法を探しに本を見ていたのではないのですか？」

「あーうん。まあ、そっちも探していたけど、ちょっと気になったから」

「ナナのことは気にすることはありません。でも……ありがとうございます」

幸造の優しさが嬉しい。ナナの体のことを心配してくれているのだ。道具としてではなく人として。

「まだ読んでいない本もあるし、明日も図書館に行こうと思う。ナナも付いてきてくれる？」

「はい」

「今日はもう疲れちゃったから寝よう。お休み」

昨日までいた部屋とは比べようもない質素な部屋。食べ物だってそうだ。ナナにとってはそれでも十分ご馳走《ちそう》だったが幸造は大丈夫だったのかな、と思う。豪華な部屋にしなかったのは見つからないようにとの配慮だ。それでもベッドが二つの部屋にしてくれた。


ギシリ。

まだ日が落ちきらない薄暗い部屋の中で幸造のベッドから音が鳴る。ナナは目を瞑《つぶ》ったまま耳だけ動かした。

ギシ、ギシ。

寝返りの回数にしては音が多い。寝苦しいのかな、とじっと耳を澄ました。それでも音は止まないのでベッドを降りて幸造のところへ向かった。

「眠れないのですか？」

「え⁉　わ、ナナ⁉」

「はい。ナナです。眠れないのですか？」

もう一度聞くと、ああ、うう、とか言っている。ナナがランプに火を灯すと幸造は背中に両手を入れて搔《か》いていた。

「なんかさ、痒《かゆ》くて」

背中を捲《めく》ると幸造の背中に小さな虫が何匹も付いて血を吸っていた。

「じっとしててください」

「え、なに？」

「カカリです。人の血を吸う虫です。退治するので幸造は動かないでください」

「ひいぃ！」

指先に集中して小さな炎を出す。幸造を傷つけないように慎重に炎をカカリに近づけるとジュ、と音がしてカカリ達がポトポトと床に落ちる。こんなに付いていたのなら痒かったはずだ。

「ぎゃあああああ」

落ちたカカリを見て幸造が叫ぶ。まだ夜が更けてなくて良かった。宿の食堂の賑《にぎ》やかさで悲鳴もかき消されただろう。

「全部落としたので大丈夫ですよ。ちょっと下に降りて軟膏《なんこう》をもらってきます。カウンターのところから匂いがしていたので置いているんだろうと思います」

ヘナヘナとカカリを見て幸造がナナの体にしがみ付いた。

「俺、虫苦手だとは思ってなかったけど、ちょ、これはグロい。ダメ。モゾモゾ動いてっし！」

「もう、動かなくなりますよ。お薬塗らないと痒いままですよ？」

幸造から離れて軟膏を取りに行こうとするが、しがみ付く力が強くて離れられない。余程カカリが嫌なようだ。

「い、行かないで、ナナ。ちょ、俺、無理。こんなちっちゃいゴキにナメクジ足して割ったみたいなのが背中にくっついていたなんて！　耐えられない！　やだ！」

「……でもナナは治癒魔法が使えません」

荷物はすべてポレタビレに置いてきてしまった。今着ている服と耳を隠したリボン、身を守るための短剣、靴しか持っていない。

「薬なら俺が持っていたはず！　そこの鞄取ってくれる？」

「はい」

ごそごそと鞄を探ると幸造は何かを取り出してナナに見せた。

「これ、使える？」

「これは……まさか万能薬の実ですか？」

「パラパトの木にもらったんだ」

「なるほど」

　どうやら貴重な万能薬の実を分けてもらったようだ。賢者でなければなし得ないことだ。ナナは大切なその実を少しだけ削り出してナイフの背でつぶすと、指に載せて幸造の背中の腫れに当てていった。するとみるみる間に腫れが引いていく。さすがである。しかし、どんな傷も病気も治してしまうと言われる『奇跡の実』を、虫刺されに使えるのは幸造くらいなものだろう。

「治りましたよ。でも、この実は貴重ですので、明日軟膏を買っておいた方がいいと思います」

「そうなの？　ああ。でももう寝られる気がしない。ナナは平気なの？」

「ナナは火の魔法が使えるのでカカリに嫌われているんです。大抵の虫は寄ってきません」

「え。い、いいなぁ。今から虫除け……カカリ除けみたいなのも手に入るかなぁ。受付行ったらあるかなぁ……」

「もらってきましょうか？」

「カカリ除けってあるの？」

「わかりません……」

「いいよ。なんか今、夕食時で忙しそうだし、あるかどうかわからないものをナナにもって来させるなんて出来ない。それに疲れているからもう外には出たくない。明日でいいよ。はあ、まだこのベッドにいるのかな……」

ナナはうーんと考えて恐る恐る幸造に提案してみる。

「こちらのベッドを使ってください。ナナが寝ていたのでカカリはいません。——その、ナナが寝ていたベッドが嫌でなければ、ですが……」

「そんなことないよ。でもナナはどうするの？」

「ナナはどこででも眠れます」

「……」

幸造はチラチラとナナを見ながら何かを思案していた。そして首をブルブルと振ってから提案してきた。

「あのさ、ナナが嫌じゃなければ、なんだけど。カカリ除けに、その、一緒に寝たりできないかな？　ベッドを交換してもナナがいないとまた血を吸いに来るかもしれない」

「幸造は、獣人と一緒に寝たりしていいのですか？」

「俺は全然問題ないよ！　ただ、ナナが十八歳って聞いたから、こんな怖がりなおっさんと寝るのは嫌だろうな、と」

「幸造と寝るのは嫌ではありません」

「そ、そう？　じゃ、そっちで一緒に寝てもらっていい？」

「はい」

　幸造はナナの背中に手を置いて、ベッドの方に押し出すように誘導してきた。そうして先にナナをベッドに上がらせると、遠慮気味にそろそろと隣に潜り込んできた。幸造に獣人への偏見がないのは分かっていた。分かっていたつもりだったが、こうも平気なのが、なんだかむず痒くなった。

「じゃあ、寝よう」

「はい」

　ベッドの上に仰向けで並ぶと、隣から幸造の温もりを感じると共に匂いがする。ヒクヒクと鼻を動かして匂いを吸い込むと、とても幸せな気分になった。カカリが来ないと安心できたのか、隣からはすぐに寝息が聞こえてきた。けれど、ナナはこの状態にドキドキと興奮して目が冴《さ》えてしまった。なかなか眠れず、幸造にバレないように、嬉しくて動く尻尾を股に挟んで押さえながら天井を眺めていた。

「ううん……」

　しばらくすると幸造が寝返りを打ってナナの方に向いた。ドキリとしたが、ゆっくりと顔だけそちらに向けると、その顔をマジマジと眺めた。スヤスヤと眠る幸造。優しくて、親切で、とっても素敵に見える。ナナよりずっと大人だが、眠っていると少し幼く見えた。

　スッとした鼻筋が素敵。

　きりっとした目もカッコいい。

この少し厚い唇から出てくる声も、とてもいい。

とにかく幸造のすべてが素敵でナナは困ってしまう。うっとりと幸造を観察していると腕が動いた。

「‼」

幸造の腕がナナの肩の向こう側に行ったかと思うと抱き寄せられた。

「ム……」

声が出そうになってナナは手で口をふさいだ。幸造の手がナナの背中に回り、頭に吐息がかかる。ナナの頬はぽっぽと熱くなって、茹《ゆ》で上がりそうだった。ナナが幸造の腕の中でアワアワしていると幸造が寝言を言った。

「帰りたい……」

その悲痛な声を聴いて、一瞬にしてフワフワしていたナナの熱が冷めた。

そうだ、幸造は異世界に帰りたくて頑張っているのだ。そのために美女との縁談から逃げてナナと旅をしている。賢者である幸造はきっと元の場所に帰る手立てをみつけるだろう。この温もりはナナが手に入れられるものではない。

異世界に落ちてきて、どんなに不安だったろうか。自分のことで手一杯なのに幸造は獣人のナナにも優しい。幸造が帰りたいというなら、どんなことをしてでも、その願いを叶えてあげたいと思った。そうして、ひと時の幸せを噛《か》みしめるように、ナナは幸造のシャツをそっと両手で摑んで眠った。

い。

「なんか、ごめんね、ナナ」

朝起きると幸造が謝ってきた。どうやら抱き込んで寝てしまったことを謝っているらし

「ナナは平気です。それに、幸造が嫌でなければ傍で眠れて嬉しかったです」

「そ、そっか。ナナも嬉しかった？　実は俺もナナの温かさで安心したのか、この世界に来て一番ぐっすり眠れたかもしれない。――あ、ごめんね、ナナは変な体勢で寝なきゃいけなかったのに」

幸造も嬉しかったのだと思って、にっこりと笑うと幸造も笑った。人から笑顔を返されるのは嬉しい。それが幸造なら特に嬉しかった。

それからまた街に出て商店街に向かった。幸造はカカリ除けを探したが火の魔法が込められた、ゴマ粒みたいな精霊石が入ったお札を使うものが主流で、幸造には使えない代物だった。歩き回ったのと、がっかりしたのとで幸造はお昼過ぎに広場の石のベンチに座るとしばらく動かなくなった。

「疲れたし、なんなの、魔力のない人間いないの。この世界……」

「魔法を込めた精霊石が使えるくらいには皆もっています。……幸造はまったく魔力がないのですね」

「うん。そんな世界じゃなかったしね。痛っ」

「幸造⁉　怪我をしたのですか？」

「歩きすぎたみたいでさ。踵《かかと》が靴擦れしちゃった。靴下買えばよかった。パラパトの実で治るかな」

「待ってください。こんなところでパラパトの実を出したら大ごとになります。キズ薬を買ってくるので待っていてください」

「ごめんね、ナナ」

「ナナは幸造の従者ですからね」

そういってナナは走り出した。匂いを辿れは薬屋はすぐにわかる。二つ向こうの角にあった店に入ると、幸造から預かったお金を握りしめて薬を手に入れた。早く届けないと、と受け取った袋の中に必要な薬が揃《そろ》っているか、確認しながら幸造の元へと急いだ。

ドシン、と前方不注意で誰かとぶつかった。その拍子にかぶっていたフードが脱げて、頭につけたリボンの間から耳が飛び出てしまった。

「なんだぁ⁉　獣人じゃねぇか！」

ハッとして顔を上げた時には遅かった。ぶつかった男は当然のように拳をナナに叩きつけた。ナナは地面に倒れこむ。男はナナを容赦なく蹴った。

「獣人がこんなところを歩くんじゃねぇ！　ああ、くせぇ、くせぇ‼」

「なんだ！　獣人じゃねぇか！　汚らわしい！　お前ら専用の通路があるだろうが！　なに人間様の道を歩いてんだ！」

聞きつけたのか他の大きな男たちもやってきて、ナナを蹴り始めた。逃げ場を失ったナナは男たちの気が済むまで蹴られるしか術はない。ナナは薬の入った袋を抱えてジッと暴力がやむのを待った。やがて反応のなくなったナナに興味がなくなったのか道の端に転がされると、金品を持っていないか鞄の中身をぶちまけられてしまった。しかし、幸造からのお金は全部痒み止めの軟膏と傷薬などに代わっていたので取られることはなかった。

「ふ」

男たちが去ったことを確認して、ナナは破れてしまった袋を縛ってから踏まれて歪《ゆが》んでしまった軟膏の缶などを拾い集めた。幸い薬も袋を踏まれていただけで済んでいた。口の中が切れて痛かったけれど、耳を隠していた藍色のリボンが裂けてボロボロになったことが、ナナには一番つらかった。

「ふ、ふう」

ナナはフードを目深にかぶり直し、顔中を土で黒くしながら目元をこすって幸造の元に戻った。

「ナナ‼　ああ！　どうして⁉　何があった⁉」

幸造を見るとナナはもう、どうにも涙をこらえることが出来なかった。ぽろぽろと涙がこぼれる。今までどんなに理不尽な目にあっても、鞭でぶたれても、こんなに泣いたことはなかった。

「ヒッ、リボン……た、宝物に……ヒック、もらったんです。ヒッ……」

「ごめん、ごめん、ナナ！　くそっ、なんで！」

泣きじゃくるナナを抱えて幸造は宿に戻った。幸造はナナの頭を隠して、自分の踵から血を流しながらも部屋に運んでくれた。ナナは思いのほか腹や背中を蹴られていて、動くのもままならなかった。しゃべると頬が痛かったので顔も腫れているだろう。

「何があったの？」

「ナナの、不注意です。人とぶつかってしまって。頭のリボンがずれて、獣人だとバレたので……仕方ないです」

「小さな女の子にぶつかったって、大したことじゃないはずだ。なんでこんなことをするの？　獣人だからって、皆、平気でこんなに暴力をふるうの？　ほんと！　おかしいよ、なんだよ、この世界‼」

「獣人は丈夫だから」と断ったのだが、幸造は惜しみなくパラパトの実をナナに使った。市場で手に入れた傷薬で十分だと言ったが、その歪んだ薬の缶を見て、また幸造が怒った。

「日本に帰りたいよ、ナナ。大嫌いだ、こんなクソみたいな世界。――いや、ナナに買いに行かせた俺自身にもむかつく」

「幸造がパラパトの実を使ってくれたのでほら、傷は治りました。ありがとうございます」

「……でも、痛かっただろ？　それに、そのリボンがボロボロだ。ナナの宝物……。とってもナナに似合っていたのに」

「痛いのは大丈夫です。慣れていますから。でも、そうですね。リボンは……ヒクッ……」

また泣き出してしまったナナを幸造が抱きしめてくれた。リボンは初めて触れた裏も対価もない優しさだけの贈り物だった。あの三人の顔を思い出すと悲しくて、悲しくて、涙が止まらなかった。

「うん、泣いて、いいんだよ。恨んで、いいんだよ。獣人だからってこんな扱い受けるのはおかしいんだから」

幸造はギュッとナナを抱きしめてくれた。そうされると感情が溢《あふ》れてきて涙が止まらなかった。「大丈夫」「大丈夫」と呪文のように唱えて、幸造がナナの背中を撫でてくれた。

「ナナは魔法も使えて強いんだろう？　やり返してやってもよかったのに」

「……獣人は人間に危害を加えることは禁止されています。それを破ると心臓は止まるのです」

「え⁉　どういうこと？　まさか。それってあの大神官が言っていた契約⁉」

「そうです。ツガーレフ様がナナの心臓にそういう術を施しています」

「なんてひどい連中なんだ！」

「ナナは獣人なので仕方ないのです」

「それが、おかしいんだよ。獣人は呪われてるって言ってるけど、なんの根拠もない。ただ、人間の都合のいいように獣人を扱うために、そういう思想を植え付けているに過ぎないんだ！」

「……それも、幸造は調べてくれたのですか？」

「え……」

どうやら幸造は自分の調べ物もそっちのけで、ナナのことを色々と調べてくれていたようだ。ナナは胸がキュウッとなった。

「俺、ちょっと買い物してくる。ナナは部屋から絶対に出ちゃダメ」

幸造はナナに目線を合わせてから頭をひと撫でした。

「でも、ナナは幸造を守るためにいます」

「じゃあ、命令。すぐ帰って来る。もしも、帰ってくるのが遅かったら探してもいい」

「……わかりました」

幸造が一人で部屋から出て行ってナナはひどく不安になった。けれども幸造の望みをナナは聞かなくてはならない。ドアの前で座り込んで枕を抱きしめながら幸造が帰ってくるのを待った。

一時間程して聞こえた足音にピクリと耳を動かした。そして次に匂いを嗅ぎ取るために鼻を動かした。幸造は約束通りに帰ってきてくれたのだ。

「ナナ」

幸造がドアを開けた途端、ナナは抱き着いてしまった。ひどく情緒不安定だったのもある。幸造もそんなナナを嫌がらずに眉をハの字にしただけで頭をポンポンと撫でてくれた。

「新しい服を買ってきたんだ。俺もナナもほら。お揃い」

そう言って幸造は買い物の成果をベッドの上に広げた。より脱げにくそうな茶色のフード付きの服は目深にかぶれてナナも幸造も一目で誰かわからない。それから空色の鞄を手渡された。

「これ。私にですか？」

「うん……気に入ってくれるといいけど」

フード付きの服を着て、鞄を斜めにかける。ナナは嬉しくて目をキラキラさせて自分の体を見下ろした。

「でも、ナナはお金を払えません」

「いいんだよ。欲しいものは言ってくれたら俺が買うし。ナナは俺の護衛だから、必要経費と賃金はちゃんと払うよ」

「お金はいりません。幸造を守らせてください」

そういい切ると幸造はギュッと眉間にしわを寄せた。

「ナナ。俺、この世界が嫌いだ。元の世界に帰りたいし、カカリも大嫌い。でも、俺、ナナのことは好きだし、よければ一緒にいて欲しい」

幸造の言葉にナナはストンと腑《ふ》に落ちた。そうか、ナナが幸造に抱いていた気持ちはこれだったのだ。

「ナ、ナナも！　ナナも幸造が好きです‼　い、一緒にいたいです！」

ナナは幸造に好きだと言われて、舞い上がった。思わず幸造に抱き着くと幸造も抱き返してくれた。ナナは幸造が好きで、幸造もナナが好き。なんて幸せなんだろう。

「ナナ。あと、これ……。同じ色はなかったんだけど」

差し出された手元を覗くと、そこにはオレンジ色の綺麗《きれい》なリボンがあった。

「こ……れ？　ナナに？」

幸造が頷いて恥ずかしそうにナナにリボンを握らせた。ナナはこんなに幸せなことが一度に自分に押し寄せてくるなんて信じられなかった。

「うあ、あああーっ」

ナナは生まれて初めて声を上げて泣いた。幸造はそんなナナを抱きしめて、ただ背中をずっと撫でてくれた。

幸造が図書館の本でめぼしいものはすべて読んでしまったといい、次の街を目指すことにした。今度は獣人に優しいといわれる地域を目指すといってくれる。乗合馬車やヒッチハイクの方法も覚えた。二人は一日でずいぶん移動できるようになったし、買い物もうまくなった。暗くなる前に宿をとって、カカリがいないかシーツの確認も怠らない。

「次はカカリのでない宿にするぞ」

幸造が力強く言うのにナナは複雑な気分だ。幸造と一緒に眠れるならナナはカカリに感謝したい気分なのだから。フードを深くかぶって幸造と連れ立って歩く。伸ばせば繋がる手にナナはフワフワした気分になった。

「これって結構いい解決策だな」

移動中、夜になると『カカリ除け』と言って幸造はナナを抱きしめたまま寝転ぶのが常になった。なるほど、これならカカリは寄ってこないだろう。

「ナナ、体温高いし、暖かい」

そんな風に言われてナナは嬉しくて幸造にくっついた。ナナは最高に幸せだった。けれどその頃からギシギシと夜中に足が痛くなることがあった。せっかく幸造が眠っているのに水を差したくなかったナナはそれを言い出せずにいた。次の日も足は痛んだ。けれども心配をかけたくないし、昼間は痛みもなくなる。そうやって日に日に痛みが増してきても我慢していた。


「ずいぶんと大きな街に出たな」

幸造の目的の一つは図書館のある街だ。

「あれ？　ナナ、背が伸びた？」

そういわれて幸造を見るとなるほど前よりも顔が近くにある。成長を止める薬をやめたので背が伸び始めたのだろう。幸造に頭を撫でられてナナは誇らしい気になった。街に入るとヒクヒクと鼻を動かした。——獣人の匂いがあちらこちらでする。じっと観察すると獣人を連れている人を何人か見かけた。

「幸造、獣人がいます」

「うん。ここには結構住んでいるみたいだね。しかも堂々と歩いてる。とりあえず、宿を決めよう」

幸造は最近ダブルベッドの部屋にしてくれる。ナナにはそれがとても嬉しい。幸造とくっついて眠るのは幸せなのだ。

幸造が宿から出された書類に記入していると宿の従業員らしき男の人にジッと見られた。居心地の悪い視線だった。その人も獣人であることはすぐにわかった。狐《きつね》、だろうか。つり目のすらりとした男の人だった。

「受付でナナを見ていたのも獣人だったね。耳もしっぽも隠さなくていいなら窮屈じゃなくていいね。ナナもフードを取る？」

「いいえ。いいです。幸造が買ってくれた服を気に入ってます」

「そう？　それならいいけど」

ここに来るまで何人かの獣人から粘ついた視線を感じたナナはフードを目深に被り直し、なるべく目立たないように幸造の影に隠れた。その日は宿の食堂でご飯を食べて部屋に戻った。

しばらく寛いでいるとトントンとドアを叩かれた。ナナは静かに立ち上がり幸造を守るように立った。

「夜分にすみません。この宿の主人でございます。折り入ってお話があるのですが聞いてくださいませんか？」

幸造と顔を見合わせると、幸造は少し考えた後にドアを開けた。ドアの先にはすらりとした女の人が立っていた。後ろには先ほどナナを見ていた狐の獣人がいる。

「お話とは何ですか？」

「ここではなんですから、私の部屋にいらっしゃいませんか？　おいしいお酒をごちそういたしますよ」

にっこりと笑う女の人は緩やかにウェーブがかかった茶色の髪色をした、なかなかの美人だ。女主人というだけあって堂々とした態度だった。幸造は話を聞くだけだ、と女主人に釘《くぎ》を刺してから後をついて歩いた。その道すがらも狐の獣人はナナのことをチラチラと見ていた。

部屋に通されると幸造はソファに座り、ナナは後ろに立った。女主人は幸造に酒をしきりに勧めたが、幸造が口をつけることはなかった。

「それで、お話とは何でしょうか」

なかなか話を切り出さない女主人に、しびれを切らした幸造がそう切り出した。女主人は気まずそうな顔をしてから、後ろの狐の獣人を見てから話し出した。

「あの、私のこの狐の獣人は——シュガルっていうのですが、この子がとても気難しくて。今までどんな雌を探してきても決して交配しないと言っていたんです。けれども私としてはシュガルの子が欲しいと思ってます。……それで、今日、貴方様がそちらの獣人の雌を連れられて来て、その、一目でシュガルが気に入ったのです。ですから、できれば、そちらの雌とうちのシュガルを交配させていただきたいの。もちろん！　お礼はします し、妊娠中も面倒を見ます。子が生まれたら……」

「え。その、……ちょっと、何を言っているのかわからないのですが。その、そちらのシュガルと、ナナを？」

「ええ。交配させて頂きたいのです。シュガルから、その子はもうすぐ発情期だとも聞いておりますから」

「は、発情……期？」

「ダブルベッドをご所望でしたから、そういう処理もさせているのでしょうが、どうでしょう？　もしもご希望ならシュガルとの交尾の様子も見ていただいて構いませんよ？」

「は？」

幸造は女主人の話を理解しかねていたが、ナナには理解できた。ツガーレフもナナの子供を欲しがっていたからだ。こっちを見ているシュガルという狐の獣人の方を怖くて見られなかった。

「金貨、十枚出しましょう。それとも多産の時は子を分けましょうか？」

女主人が幸造と交渉しているのを、ナナは惨めな気持ちで聞いていた。

「断らせてもらう！」

幸造がきっぱりと断る声が聞こえた。ホッとしたと同時に狐の獣人がナナのフードを落とした。一瞬、何が起こったのかわからなかったが、顔を上げると狐の獣人が近くにいて、ナナを見ていたので思わず飛びのいた。

「ああ、やっぱりだ。なんて美しいんだ！」

狐の獣人はうっとりとナナを見ている。ナナは怖くて幸造に助けを求めるように視線をやった。

「まさか、ユキヒョウなのですか⁉　なんてきれいなの！　これは、是非、シュガルと‼」

女主人も興奮してナナを見ている。

「ナナには交配をさせるつもりはない！　部屋に帰らせてもらう！」

幸造がそう言って手を摑んでくれた。ナナは手を引かれながら女主人の部屋を後にした。

「その子はもうすぐ発情期なのですよ？　雌の発情期は大変なのです。子供を作らせたくないなら交尾だけでもさせてみませんか？　その子とシュガルの交尾ならきっと興奮するわ！」

後ろから女主人の声が追いかけてきてナナは恐ろしかった。

とても。

恐ろしかった。

「なんだ、あいつら！」

　強く腕を引かれて部屋に入ると幸造はすぐにカギをかけた。ナナのせいで幸造が怒っていると思うと悲しくなった。

「幸造は私の子供、欲しいですか？」

「え⁉　何⁉　いきなり、子ども？」

「ユキヒョウは珍しいので、ツガーレフ様も欲しいと言ってました」

　幸造が欲しがれば、それに従うしかない。ナナは珍しいユキヒョウだから。でも、もしも許されるなら軽々しく扱われる命を産み落としたくはないと思っていた。

「……。あ、ちょ、ニュアンスが違ってた。びっくりした。俺との子かと思った。この先ナナに好きな人が出来て、子供が欲しいというなら、そんな未来があってもいいと思うけど……」

「うっ」

　その時、また足が痛みだした。いつもは幸造に気づかれないようにやり過ごしているのに、タイミングが悪い。

「ナナ、どうしたの？　足が痛いのか⁉」

　パラパトの実をとってこようとする幸造を止めようと思うのに、激痛で足をさすることしかできない。

「あ」

そんなナナを見て幸造が何かに思い当たったようだ。そうして幸造はタオルをもってどこかへ行って帰ってきた。

「少し熱いかな？　のせるよ？」

どうやらタオルを温めてきてくれたらしく、痛がるナナの足を包むようにそれをのせてくれた。

「多分、成長痛じゃないかな。薬をやめたから急に体が成長しているんだよ。温めて。俺も昔、母さんに温めてもらった」

ほわり、と足が温まってくると痛みがましになった。物知りな幸造はさすが賢者である。

「幸造、痛みが取れてきました」

「うん。成長痛なら温めた方がいいと思うんだ。桶《おけ》にお湯を汲《く》んでくるよ。待ってて」

「え、あの……」

主人に世話をさせるなんてと思うが、ナナは痛くて動けない。

「どう？」

「ずいぶん落ち着きました。あの……」

お湯に足を入れると痛みが和らいだ気がした。何よりも幸造の優しさが胸を温める。

「ん？」

「幸造、やっぱり、ナナは成長を止めるお薬を飲もうと思います。その、手に入れられるかはわかりませんが」

「どうして？　成長痛がつらすぎるの？」

「痛みはいいんです。でも、さっき言われました。ナナに発情期が来ると。その、大変だと言っていました。もしも幸造に危害を加えるようなことがあったら……だから……」

「その辺はまた本を探して勉強するから。きっと何とかなるよ。薬は飲まなくていい」

「でも……幸造に迷惑がかかるかも知れません」

「ナナ。俺、この世界で今、ナナしか信用していない。だから、何とかする」

「……わかりました」

「あと、ナナの交配も考えてないし、交配なんて嫌な言葉も今後は使いたくない」

「はい」

　幸造はナナが安心するように頭を撫でてくれた。

「幸造、幸造の世界にはこんなに優しい人がいっぱいいるのですか？」

「いや、俺がいた世界だって嫌な奴もいっぱいいるよ。俺だって優しいわけじゃない。ナナが不当に扱われすぎているだけなんだ。でも、カカリはいない」

「フフ。幸造はカカリが嫌いですね」

「魔法なんてものはなかったけど、文明はもっと進んでいたよ。空にはでっかい鉄の塊が飛んで、誰もが通信できる機械をもって歩いていた。画面にはいろんな国のいろんな情報が流れて、知りたいことは指一つでなんでも調べられる」

「なんだか、すごいですね……そんなところに幸造は帰りたいんですね」

「ねえ、ナナ。もしもナナが行くところがなくて、それでいいというんだったら一緒に日本へ帰らないか？　色々問題はあるだろうけど、ナナを養うくらいはお金もある」

「え、幸造について行ってもいいんですか？」

「うん」

「嬉しいです！　一緒に行きたいです！」

「あくまでも、そういう選択肢もあるってことだからね。ナナが好きなようにすればいいんだ」

「ナ、ナナは幸造と一緒がいいです！」

「何回一緒っていうのよ……まあ、考えといて」

「今日の宿にはカカリはいないと思いますが、一緒に寝てもいいでしょうか？」

「ナナの魅惑の体温にかなうものはないよ。足はもう平気かな？　おいで」

呼ばれて幸造のいるベッドに潜り込んだ。そっと抱き着くと抱き返してくれた。

「ナナが一緒に住んでくれるなら寂しくないから一軒家を買おうかな。ちょっとした庭も欲しい。ナナはどういうのがいい？」

「幸造が良ければどこでもいいです。こうやって一緒に寝てくれるなら、もっと嬉しいです」

「とにかく一緒がいいのか。俺布団がいいからでっかい布団買おうかな……」

「くっつくと安心なので大きくなくていいです」

「かわいいこと言うな！　お父さん、泣いちゃうぞ！」

「聞いてみたかったんですが、幸造はどうやってこっちに落ちてきたんですか？」

「……月が、綺麗な日だったんだよな。満月でさ。夜道を歩いていたら急に地面から落ちたんだ。で、気づいたらこの世界に落ちてた」

「ほんとに落っこちるんですね」

「落ち人だっていうから歴代そうなんだろうな。俺の前に来た人も、結婚したら幸運と富を手にするって言われてモテていたのかな。賢者がそうだ、なんて書かれた本はなかったけどなぁ。でも、なんかそれでモテるのは悲しいものがある」

「幸運も富ももらえなくても、幸造はとっても素敵です。優しくて、頭もよくて、大好きです」

「ちょ、褒めすぎだし。照れるよ。ナナはさ、もっとナナを大切にしてくれる場所に行くべきなんだと思う。獣人に寛容な街って書いてあったからここに来たけど、俺が想像していた寛容さじゃない」

幸造がナナの為に怒ってくれる。それが嬉しかった。

翌朝、宿の食堂で朝食をとったが、狐の獣人がやはりじっとナナのことを見ていた。幸造が心配してナナから離れず、そのあとすぐに荷物をまとめて他の宿屋に移ると言ってくれた。

凄まじい速さの成長をみて幸造も複雑そうだ。夜、痛みを耐えるナナに幸造は「もっとゆっくり成長できるはずだったのにな。今まで頑張ったな」と、ずっと足をさすって励ましてくれた。


「図書館に行くけど、足は大丈夫？」

「昼間は痛まないのです。ついて行ってもいいですか？」

「もちろん。なるべく離れないようにしよう」

幸造はこちらの世界に来てから、どんな文献も一度読むだけで頭に入るようになったと言っていた。本屋で手に取ったものでも、その場であっという間に読んでしまうので買う必要もない。王宮の図書室の本もほぼ読み切ってしまったらしい。賢者とはすごい存在だ。

フードをかぶって幸造と隣り合わせに座る。入り口でお金を払えば誰でも閲覧できるシステムなのだが、中に入ると獣人は見当たらない。本を読むような獣人はいないのだろう。

隣の幸造をチラリとみると『獣人の育て方』『獣人の手入れの仕方』『良い獣人に育てるには』などの本を読んでいる。幸造は自分の世界に帰るために、ここで調べ物をしているのに。

「幸造、それ、ナナが読みますから。ご自分の本を探してください」

しかし二冊目に目を通し始めた幸造は耳まで真っ赤にしながらその本がナナの手に渡るのを拒否した。

「これは！　責任をもって俺が読むから！　ナ、ナナはいつもみたいに地図とか！　文字の練習とか！」

「……わかりました」

読まない方がいいことが書いてあるみたいだ。しかし読むなと言われれば気になってしまう。その日は夕方まで本を読んで過ごしてから、大きくなったからと靴と服を新調してもらった。

「俺、身長一七八センチあるんだけど、まさかナナに抜かれちゃうとか？」

もう、ナナを見ても誰も小さい子どもだとは思わない。幸造とはじめて会ったときから二十センチは伸びたのではないだろうか。胸も少し膨らんで下着を買うといいと言われ、一人で買いに行かされた。

「屋台のご飯も飽きちゃったな。たまには食堂で食べようか」

「はい。幸造は屋台のご飯が好きなんだと思ってました。ご飯はいつも外なので」

「うーん。なんかさ。城にいた時から食べるものが胡散《うさん》臭くってさ。たまに精霊がおかしなものが入っている時に教えてくれるけど限界があるから。実は警戒してるんだ」

「そうなのですか」

「でも野菜不足は成長期に良くないと思い出してね」

幸造は照れたようにそう言って、食堂のドアをくぐった。ナナの身体を思って食堂に行くと言ってくれている。ナナは慌てて後ろをついて行く。これ以上幸造を好きになったらどうなるのだろうか。

テーブルに着くと幸造は野菜のスープを中心に二人で食べるものを注文してくれた。熱々のスープは具沢山で、頰を膨らませて食べるナナを幸造が笑ってみていた。

「よう、見慣れない顔だな？」

隣のテーブルから声をかけられて柔らかい雰囲気は霧散した。

「……隣町から職を探しに来たんだ」

幸造があらかじめ用意した言葉を述べる。人好きそうな男はニコニコとしながら椅子を引いてテーブルを移動してくる。

「ここは住みやすいところさ。そうかい、隣町から。歓迎するぜ。おおい！　この人にエールを出してくれ！」

邪険にも出来ず、幸造が出されたエールを飲んだ。幸造はお返しにと、その男にエールを奢《おご》り返した。強引に何杯も勧めて、男が酔いつぶれたところでお金を払って店を出た。

幸造は念のためだと言って、毎日、宿を変えた。その日は結局カカリが出そうな宿しか取れなくて、幸造はナナを抱きしめて眠った。幸造には申し訳ないが、ナナにとってはその方が嬉しい。夜ひどく足が痛むことは少なくなったけれど幸造がカカリのお礼だと体を温めてくれるので幸せな気分だった。

「幸造、一緒に寝ないのですか？」

明日はここを発とうと早めにベッドに入ったが一度トイレに立った幸造が戻ってきたのに布団の中に来てくれない。ジッと眺めると参ったなぁ、といった感じで幸造が自分の首の後ろに手を置いた。

「その、さ。ナナ……うう。今、いく……」

最近、幸造はナナを後ろから抱きしめるようになった。正面で鼓動を聞くのが好きだったので残念に思う。理由を聞くとナナが大きくなって、恥ずかしくなったと言われた。

「なんだか、ナナからいい匂いがする」

「体を洗ってきたので石鹸《せっけん》の香りでしょうか？」

「そうなのかな？」

「ナナは幸造の匂いが好きです」

「俺、もう二十六だよ？　体臭気にするお年頃だから。ていうか、相変わらず、ナナが俺のことを好きすぎて怖いんだけど」

「駄目ですか？」

「駄目じゃないけど、刷り込み的な？　ほんと悪いことしてる気になる」

「幸造にならなにをされてもいいです」

「あのね、そういうことは男に言っちゃだめなの」

「幸造にだけです」

「……。も、もう寝よう」

「おやすみなさい、幸造」

「お休み」

うしろで幸造がモゾモゾしていたが気にしない。幸造はちっともわかっていない。この背中の温もりを得られるなら、きっとナナはなんだってしてしまうだろう。そのまま目を閉じて眠りについたが、夜中に幸造が起き上がった気配で薄目を開けた。

「眠れないのですか？」

「うわっ、ナナ。ご、ごめん、起こしちゃった？」

「カカリは、来てないと思いますが……」

「あー、うん。眠れないだけなんだ。なんだか目が冴えちゃって。俺、ちょっと下に行ってお酒でも、もらってくるよ。まだ酒場はやっているみたいだし」

それを聞いてベッドから立ち上がろうとしたが、幸造はそのまま寝ているように言った。そしてナナの方をチラチラ見ると真っ赤になって告白した。

「あのね、この際だから言うけど、寝る時もちゃんと下着をつけて欲しいんだ。ちょっとナナは、お、大人になってきたという自覚をした方がいい」

言われてナナは自分の身体を見直した。寝るときは薄い生地の簡単なワンピースを着ていたので、膨らんだ胸は服を押し上げて、胸の尖《とが》りをはっきりと映し出していた。自覚すると恥ずかしくてシーツを胸まで上げた。

「ご、ごめんなさい」

「俺がいない間に、その、着けてくれる？」

「はい」

パタン、と幸造が出ていく音がしてから、慌てて荷物のところへ急いだ。指摘されると急に自分の恰好《かっこう》が幸造を誘うようなものであると自覚して、恥ずかしくて堪らなかった。胸当てを鞄から探り当てて、慌ててつけようとしていると、またドアが開く音がした。

「こ、幸造、まだ着替えてないです！」

幸造が戻ってきたとしか思っていなかったナナはその気配に眉をひそめた。

「何でここに……」

「おや、ご奉仕の後でしたか？　いや、でもそんな匂いはしませんね」

クンクンと鼻を鳴らしながら、以前泊まった宿屋で会ったシュガルという狐の獣人が部屋に入ってきた。その後ろには熊の獣人と犬の獣人もいた。三人は薄着のナナの姿を舐《な》めるように見ている。ナナは警戒しながら三人を観察した。武器は持っていないようだ。獣人なら戦える。

「怖い顔しないで楽しみましょうよ。どうせ私たちは人間に飼われているんですから。今頃お嬢さんの飼い主だって私の主人といいことしてますよ」

「え？」

「私の主人はお嬢さんの飼い主のこと、気に入ったそうですよ。引き止めて、相手をしている間に私たちに種付けして来なさいって」

「幸造はそんなことしない」

「ははっ。本気でそんなこと言ってます？　いくらお嬢さんが綺麗でも、獣人なんて人間が喜んで抱くわけがないでしょう？　単なる性処理ですよ。人間同士の方がいいに決まってる。人間は人間同士、獣人は獣人同士まぐわえばいいのです」

三人がナナを囲うように壁に追い込んでくる。魔法で拘束しようとしたその時、足が急に痛み出した。

「っつ！」

激痛が走り、ナナは魔力が練れない。足を押さえたナナを見て、熊と犬の獣人がナナの身体を押さえた。

「しっかり三人で孕《はら》ませてあげますから。安心していいですよ。お嬢さんが産む子は美しいでしょうね」

大きな獣人の男に押さえつけられると動けない。こんな時に魔法が使えず、ナイフも手元にない。

「ああ。いい匂いがしますね。私たちを誘っておいて、お預けさせていたなんて、いけない子です」

狐がワンピースの上から寄せるようにナナの胸を掴んだ。それをみて熊と犬がごくりと喉を鳴らした。

「一番は、私でいいですよね？」

狐がそう言うと後の二人が頷く。すると布の上から狐がナナの胸に舌を這《は》わせた。唾液をたっぷりと含んだ舌で胸の先を湿らされるとナナのピンクの突起がはっきりと透けて見えた。

「乳首が立ってきましたよ？　本当は期待しているんじゃないですか？　発情期に入ってしまえば狂ったように子種を求めるでしょうね。楽しみです」

「嫌！　やめて！」

ナナが声を上げると口に布を詰め込まれた。

「んー‼　んんー‼」

足を動かして蹴り上げたいけれど痛みに耐えるので精一杯だった。あっけなくビリビリとワンピースは破られて、簡単にナナの身体は外気に晒《さら》された。

「まっさらみたいな綺麗な体だ。あの飼い主が毎日楽しんでいるとは思えないな」

狐がそんなことを言うが、幸造はナナにそんなことはしない。悔しくて涙が出そうだが、今は足の痛みをやり過ごして反撃出来る時を窺《うかが》うしかない。

「発情期になったこと、ありますか？」

乳首を咥《くわ》えられたまま聞かれて首を横に振った。狐はとても楽しそうにナナの身体を弄ぶ。隣で押さえている熊と犬の、興奮して吐く息が生暖かくて気持ちが悪かった。

「ふふ、雌の獣人の発情期はすごいですよ？　尻尾を上げて自分から股を開いてひたすら雄の子種を強請るんです。精を搾り取って狂ったようになって、十数人を相手する雌もいるくらいです」

言いながら狐はナナに馬乗りになってペロペロと胸を中心に舐めた。その体で見えなくなった下肢を誰かが撫でまわし、ナナのショーツを取り去った。さすがに危機を感じてナナが足をばたつかせた。

「大人しく、し、ろ」

熊の声がして足がグイと開かされた。ただでさえ痛いのにひどい仕打ちだった。

「んー！」

ぬるりとナナの股間を舐め上げる感触がした。あまりのことにナナの身体は跳ねた。今まで体をツガーレフに点検されても、こんなふうに舐められたりしたことはない。

「お、おれも」

そんな声が聞こえたかと思うと足の指がぬるりとする。足の指の間も舐められて、三人の男に押さえつけられて、ナナはどうすることも出来なかった。

——ここは諦めてことが終わるのを待つしかない。

ナナが体の力を抜いて最低限の痛みでやり過ごそうと諦めた時だった、カーンとナナの上から音が聞こえた。

「何やってる！　ナナから離れろ！」

「うはっ」

拘束が緩んだナナは体をよじって、倒れてきた狐を横に避けた。見上げると恐ろしい形相で水差しを持っている幸造がいた。幸造は熊と犬を蹴ってナナの身体からどかした。

「君たちは俺には手出しはできないのだろ？」

「え、あ……」

「人間と住んでいるってことは心臓に契約が施されているよね？」

幸造がそういうと三人は押し黙って、気まずそうにしていた。幸造はナナを背中に隠して服を着るように促した。

「私たちは主人の命を受けてここにきています。主人は私とその獣人のお嬢さんの子を望んでいます。あなたとの交渉は主人がします」

「なるほど。それで、さっき酒場に降りたら都合よく君たちの主人が俺に声をかけてきたってわけだ。俺を遠ざけているうちに、ナナと無理やりつがって子供を作ろうって？君たちは『番《つがい》』を大切にする種族じゃないのか？」

「大切に、します」

「君たちは裕福な人に子がもらわれていくのが幸せだと信じているんだよね。でもさ、自分の子供を手元に置いて育てたいと思わないの？」

ゴクリ、と三人が幸造の話を真剣に聞いていた。

「君たちが本当に『番』にしたいのはナナなの？　確かにこの子は綺麗で発情期も近い。でも、命を懸けてもいい相手が、本来ならつがいたい相手じゃないの？　それは、君たちの主人だよね？」

顔をみあわせる三人に幸造はたたみかけた。

「君たちにかけられた契約の一部を変えてあげられるけど、どうする？　そうしたら、君たちは愛しい女主人と『番』になれる。子供だって作れる」

「ほ、ほんとうに？　そんなことが出来るのですか？」

狐の獣人の問いかけに幸造はにっこり笑っただけだった。

「ナナ、魔力を注いでこの人たちの心臓に書いてある魔法陣を浮かび上がらせて」

そう言われてナナは急いで魔力を注いだ。三人の胸の契約に何やら施した幸造はナナと宿を出た。宿代はベッドの上に置いた。

「あ、あの！」

宿の一階に下りた時、酒場の方からあの女主人が飛び出てきた。幸造はナナを後ろに庇《かば》った。

「貴方の大事な獣人たちは、俺の部屋でおねんねしてるよ」

「ひっ」

幸造が低い声で脅すように言ったので顔は見えなかったが女主人は慌てて宿の階段を上がっていった。

「三人は寝ているんですか？」

ナナが尋ねると幸造は「さあ？」と言った。ナナが見た限りでは、あの三人は幸造に説得されて部屋のベッドに座っていただけだった。

「宿代おいて来てやったんだから、親切すぎるだろ。ナナにあんな酷いことして、これからあの連中には反省して欲しいからな。どうなろうと知らない」

怖がらせないように気遣ってくれているが、幸造がとても怒っているのが分かった。ナナは幸造の背中に抱き着いた。

幸造が来てくれた。

それだけでいい。

「ナナ、怖かったろ、遅くなってごめんな」

幸造に頭を撫でられて涙がポロポロ零れた。怖かった。暴力には慣れているけれど、あんなのは初めてだった。体に舌が這う感触が生々しく残っている。

「どこか泊まり直して落ち着こうか？　今から空いているかな……それか、泉で体を洗う？」

「出来たら、体を洗いたいです。でも」

「じゃあ、行こう」

ナナがそう言うと幸造は手を引っ張って森に向かって歩く。

「ダメです、幸造、夜の森は危険なんです」

「それがさ、危険じゃなくなったんだよね」

「え？」

「これ見て」

幸造はナナに白くてつるつるした小さな玉を見せてきた。精霊石のようだが何だろう。

「これさ、今日の風呂の時、俺の両耳から出てきたんだ。なんか、前から違和感あったんだよね。知らないうちに入れられていたみたいだけど、どうやら精霊の声を届きにくくするものだったみたい」

「精霊の姿が見えることは内緒にしていたのではないですか？」

「そう。俺は誰にも言っていない。けど、知っていたんだよ、王宮の連中は」

「知っていたのに黙っていたんですか？」

「異世界から渡ってきたから精霊の声が聞こえると俺は勘違いしていたんだ。歴代の賢者が精霊を見たり、声を聴いたという記録は、どこにもなかった。言語を自由に操れるのは共通していたみたいだけどね」

「どういうことですか？」

「俺はこの世界に落ちてきたんじゃなくて、召喚されてきた可能性がある。何らかの、理由で。そもそも賢者と結婚したら『幸運と富を手にする』っていうのがおかしいんだ。歴代の賢者は大抵一時期を過ぎると、いなくなっているだけで結婚した記録はなかった」

「元の世界に帰ったのでしょうか」

「可能性はあると思う。そんな人と一時期でも娘と結婚させようと思うのはおかしい」

「うーん」

「まあ、とにかく精霊の声が聞こえるから夜道も危なくない。彼らは簡単な単語しか使わないけど、魔獣がいない場所を教えてくれるからね。今まで森を進むのは魔獣がいて危険だし、ナナが戦うのが嫌だったから避けていたんだけど、自然が多いところの方が精霊が沢山いるのだから俺にとっては有利なんだ」

　ほどなくナナは幸造に連れられて森の中の泉に到着した。月明かりに照らされた泉は大きくはないが透明度が高くて綺麗だった。早速、服を脱いで泉に足を入れた。

「ちょ、ナナ！　一声言ってから脱いで！　う、後ろ向くから！」

「ご、ごめんなさい！」

　寝るときの恰好もそうだったが、今まで幸造と同じ部屋で平気で着替えたり、体を拭いたりしていたので考えが足りない。また失敗して無遠慮に服を脱いでしまったと反省しつつ、冷たい水に体を沈めた。

「寒くない？」

　背中を向けたままの幸造が心配して声をかける。

「平気です」

　ちゃぷちゃぷと水面を揺らしながら体を流してナナは先ほどのことを思い出した。

「幸造も獣人と契約ができるのですか？」

「え、へっ!?　契約!?　ああ、獣人の心臓に施すやつね」

　ナナに話しかけられるとは思っていなかったのか幸造の声が上ずっていた。

「魔法が使えないのにツガーレフ様と同じことが出来るのですか？」

「ナナのような生まれ持った属性のある魔法を持っていない場合でも、魔力があれば魔法陣を用いて魔法が発動できるんだ。だからちょこっと精霊に魔力を借りれば俺にも魔法陣が書けるし、書き換えられる。なにせ賢者はどんな言語でも操れるからね。そして、獣人との契約は本能を利用したものなんだ」

「本能、ですか」

「獣人は番を大切にするものだから契約者は自分を『番』だって誤解させるんだ。だから契約は異性の間しか出来ない。女性の方が優位みたいで女性は複数と契約できるし獣人はかなり溺愛するみたいだよ。あの三人も主人にメロメロだったね。獣人は『番』に対して『何かしてあげたい』って気持ちが強いから、それを利用した人間の考えた卑劣な魔法陣だよ」

それを聞いてナナは自分が女性で良かったと思う。ツガーレフを溺愛するなんて想像つかなかった。

「図書館で読んだ本に書いてあったのですか？」

「何冊か読んで予測もたてたけど、あの三人で試せてよかったのかも。上手く精霊に魔力を借りれるかもわからなかったし、ナナを襲いに来た不届きものだから罪悪感もない。前の街と、ここで比べて分かったけど王宮の図書は異世界転移した者が閲覧したらまずいものはすべて隠されていたんだ。やっぱり何か隠している。ますますあいつら信用ならない」

幸造はやはり賢者なのだとナナは感心した。ものすごい速度でこの世界を理解している。

「ナナは幸造と契約できませんか？」

「しない！　これは『番』を利用した『奴隷』契約だ！　一方的で最低な奴がやることだ」

幸造が声を荒げたのでナナは驚いた。冷静に見えていたのに、まだすごく怒っていたのだ。

「ご、ごめんなさい。ナナの契約が幸造とだったらいいなって思っただけなんです」

「――こっちこそ大声だして、ごめん……。ナナの魔法陣も何とかしたいと思ってる。書き換えられるか不安だったけど、さっきの三人で試せたから服を着たらナナの契約も見せてくれる？」

幸造はあの三人の心臓の契約をなんと書き換えたのだろう。泉から上がって体を拭くと今度は下着をきっちりつけて、服を着込んだ。

「幸造、着替え終わりました。ありがとうございます」

「あ、いや」

「ナナの契約も見てくれますか？」

「うん……見せて」

幸造の前に向いあって座るとナナは魔力を流し込んだ。ツガーレフの書いた魔法陣が青白く浮かび幸造はそれを真剣にジッと眺めていた。

「……さっきの三人とは比べ物にならないくらい細かく書かれてる。ツガーレフの書いた魔法陣だから予想はしていたけど、これじゃあ、上書きも干渉もできない。この魔法陣自体を消すしかないな」

それを聞いてナナはシュンとした。幸造の奴隷だったら喜んでなるのに。

「ナナ、必ず何とかするから。複雑だけどナナの魔法陣に書かれた手前の新しい契約なら解除できそうだから、じっとしてて」

幸造は少し勘違いしているようだったけれど、ナナは何も言わなかった。「もう、いいよ」といわれて魔力を流すのを止めると魔法陣が消える。ツガーレフの時のような衝撃は来なかった。ご褒美だというように幸造がナナを抱きしめてくれる。スリ、と幸造の胸に頬を寄せた。

幸造はナナの為にいろんな調べ物をしていたのだ。どうしてこんなにもナナの為にしてくれるのだろう。

「今日はこのまま野宿になるけどいい？」

「もちろんです」

木陰に移動すると毛布を出した幸造がナナに向かって手を広げた。

「おいで」

ナナは素直にその腕の中に入った。背中から抱え込むように抱きしめられて、幸造の腕の中が一番、安心できる場所だと確認してしまう。

「俺から？　というか精霊からのプレゼントをナナにあげよう。心の綺麗なナナは精霊たちもお気に入りだそうだ」

「プレゼント？」

「さあ、見てて」

森に入ったので辺りは暗い。幸造の顔も月明かりでぼんやりと浮かんで見えているくらいだった。ナナが幸造の声を頼りにジッとしていると小さな光の粒が一つ、二つと点灯した。それが合図のようにどんどんと光が増えていき、チカチカと様々な色が揺れたり、ついたり消えたりと忙しい。

「綺麗……綺麗です。幸造」

「これ、全部精霊たちの光だよ。ナナのこと大好きだって言ってる」

「え、と、綺麗で、とっても素敵で、嬉しいです」

光の粒が幻想的で美しくて、感動して変な感想になった。やがて光がもう数えられなくなる程たくさんになって二人を囲む。歌うように、踊るように。光の粒が光の川のようになっていく。ナナは精霊の声は聞こえないが、幸造にはうるさいほどに聞こえるらしく途中耳を押さえていた。

やがて精霊たちの大歓迎を受けてから朝日が昇ってきた。そのころには解散となったのか光の粒は消えていった。

「ようやく戻ったか。まったく、張り切っちゃって」

「幸造は精霊に愛されているんですね」

「俺のことを『愛し子』って精霊が呼ぶんだ。どういうことかは、まだわからないけど賢者とは関係ないみたいなんだよね」

「どのみち理由があって幸造をこの世界に呼んだのでしたら、きっと王様たちは必死に幸造を探していますね」

「俺、実はいろいろと偽装工作してきてる。わざと違う場所から手紙出してもらったり、黒髪のかつらかぶってもらった人も。だから、そんなには簡単には見つからないと思うんだけど。まあ、用心するに越したことはない」

「幸造のお見合い相手は綺麗な人ばかりだそうですよ?」

「そんな綺麗な人が俺みたいなどこから来たのか分からないような者と結婚しようだなんておかしいんだよ。それに……」

「それに?」

幸造にジッと見つめられてナナは首を傾げた。

「俺はナナより綺麗な子を見たことがないから、これから誰と会っても心は動かされないと思うよ」

幸造がそんなことを言うので固まってしまった。そんなふうに幸造がナナを思っているなんて考えたこともない。

「結局眠れなかったけど、行こう、ナナ。この森を抜けたら近道だから。二日ほどは野宿になるけど、次の街は貿易都市みたいなんだ。きっと有力な情報があるはずだ」

立ち上がり、差し出された手をそっと掴んだ。有力な情報って幸造にとって? それともナナにとってだろうか。幸造がナナのことを娘のように、それから妹のように思ってく

れていることを知っている。獣人が受ける差別にとても心を痛めてくれていて、同情してくれていることも。これ以上は望んではいけないことを、ナナは知っている。けれど狐たちから助けてくれてから胸の高鳴りが消えてくれない。

ナナだって、これから先、誰と出会っても心が動かされない自信がある。

幸造が好きだ。

とても。

触ると少し硬い髪も。笑うとしわが出来る顔も少し厚い唇も。ナナを撫でる少し筋ばった大きな手も。全部、全部。

あの女主人はきっと三人の獣人の『番』にさせられたに違いない。それは女主人にとっては屈辱的な出来事だろうが、あの三人にとっては幸せなことだろう。それを羨ましく思う自分が浅ましいと思った。

三章　賢者様はお嫁様を決める

森を歩くのは思っていたよりも快適だった。何より精霊が教えてくれる道を進めば魔獣もいないし、精霊は時々食べられるものも教えてくれた。例え小さな赤い実でも幸造はナナに分け与えてくれた。口に甘酸っぱい味が広がる幸せは、ナナの心をほっこりさせてくれる。

昼食まで歩いて、食べたらまた歩いて、辺りが暗くなったら眠ることにした。木の下に軽く上着を敷いただけでも、精霊が守ってくれているのか安心して眠れる。カカリもいないことを知ると幸造は嬉《うれ》しそうだった。

少し離れて眠っている幸造から深い寝息が聞こえてくる。そうっと忍び寄ってからナナは幸造の背中に自分の背中をくっつけた。

――雌の獣人の発情期は凄いですよ？　尻尾を上げて自分から股を開いてひたすら雄の子種を強請るんです

狐《きつね》の獣人が言っていたことが頭に残っている。発情期が近いのはなんとなく自分でもわかっている。その時、自分がどうなってしまうのか考えると恐ろしい。宿を取る時、この街では大丈夫だと思ってから、幸造は宿帳に自分の連れを獣人だと堂々と書いていた。それを見て宿の連中はニヤニヤしてこちらを見ていた。

初めはその意味が分からなかったが、図書館で幸造が読ませてくれなかった本を、こっそり覗《のぞ》いて知ってしまった。そこには獣人に性的に奉仕させる方法が書かれていた。あの街で獣人は表向き共存しているように見えていたが、本質は変わらない。支配するものとされる者。耳と尻尾を隠さないでいいだけで、獣人は罪を背負って生まれてきた穢《けが》れた生き物に変わりなかった。

発情期が来たらナナは幸造といられない。雌の獣人が狂ったように男を求めるならきっとナナは間違いなく幸造を求めるだろう。幸造はナナに娘や妹であって欲しいと思っている。最近は一緒に眠るのを良しとしていなかった。

幸造のお嫁さんになる人は幸せだろうな。

そう思うと胸が苦しくて泣いてしまいそうになる。耳と尻尾を切り落として幸造に傍においてくれと願いたくなる。けれどそんなことをしたら優しい幸造は悲しむだろう。ナナはそれを望んでいない。ただ、幸造が幸せならそれでいい。

覚悟を決めた夜、ナナは幸造の元を離れた。本能でいよいよ発情期が訪れるのが分かっていた。ポシェットに幸造が使ったタオル、水と少しの干し芋。ボロボロの青いリボンと幸造のくれたオレンジのリボンを入れた。雨風がしのげればいい。もし約三日間続くらしいそれを耐えれば幸造の元に戻れる可能性もある。戻れたとしても、次の発情期までの間だろうとは分かっているが、遠くから見守ることはできるかもしれない。成長なんてしなければ良かったと今になって後悔した。

「しーっ。戻ってくるから」

小さな光の粒が見えて、ナナがそうつぶやいた。

心苦しいのは幸造に何もしてあげられなかったことだった。そうして、幸造から離れて丈夫そうな木を見つけると、ポシェットを誰にもとられないように、木の枝の上の方に引っ掛けた。水と干し芋を近くに置く。胴体をほどけないようにロープで木に結んで、両足首をひもで結んだ。木に寄りかかって座ると、幸造のタオルを胸の前で握りしめる。

ゆっくりと体が熱くなっていった。口に唾液がたまる。ナナはタオルを握って感覚をやり過ごそうとした。

「ん、はっ」

やがて体は燃えるように熱くなった。胸の先端が尖《とが》って服にこすれる。それだけで体がつらい。足をこすり合わせるとくちゃくちゃと男を誘うと書かれていた『愛液』という粘液が股からとめどなく出てくる。本に書いてあった通りに、ナナは淫乱な雌になるようだ。

「コウゾー……」

尻尾が雄を引き入れようと無意識に上がる。迎え入れるのが幸造ならどんなに幸せだろう。体の奥が幸造を求めて痛くなる程切ない。

「コウゾ……」

ハアハアと熱を逃がすように息を吐く。つらい、……つらい。刺激を求めてギュッと胸を自分で摑《つか》んでみる。痛くしたらマシかと爪を立てる。幸造のタオルに縋《すが》る。もう幸造のことしか考えられない。頭がくらくらするし、考えがまとまらなくなる。体の中で何かが暴れているようだ。雄の獣人たちにされたことを、幸造に置き換えて想像するだけで、ナナの身体は何度も達した。幸造の舌で胸を虐められ、股間を舐《な》められたら……。

「コウゾ……」

つらくて、熱くて、ナナは手の甲を嚙《か》む。痛みを感じるときだけ、体の中で暴れるものが少しだけおとなしくなる気がした。

体がちぎれるようなつらい波を何度か乗り越えて、ナナはぐったりとしていた。あと二日頑張れば、と気を張っていたが、それも成しえない気がしていた。想像していたよりつらい。また次の波が来る気配がしてナナは目を閉じて血の味がしてきた手を嚙んだ。


どのくらい時が経ったのだろう。ゆさゆさと誰かに担がれている。やがてどこかに降ろされると朦朧《もうろう》とする意識の中で、優しく手の甲を誰かが摑んだ感触がした。

幸造の匂いのするタオルが取り上げられて、ナナはそれを奪わないでほしいと何度も何度もお願いした。ナナだけの大切な幸造だから、どうか、お願いしますと。

——そんなタオル一つが俺の代わりだったの？

どこからか心地いい声が聞こえて幸造の匂いがナナを包んだ。つらすぎてついに幻覚をみている。どうして幸造が泣いているのだろう。泣かないで、幸造。幸造の悲しいことは全部ナナが引き受けたいのに。そんなふうに思ったら頭にコツリと衝撃があった。

——何言ってるんだ。馬鹿なナナ。こんなになって、独りで。水だって……こんなちいさな干し芋だって、足りるわけがない。どうして、俺を信じなかったの？　どうにかするって言ったじゃないか。

幸造は優しい。だからダメ。幸造を穢しちゃ駄目なの。獣人と間違ってもつがったら、人間ではなくなるって。本に書いてあったから。

——あれを読んだの⁉　だから読むなって、言ったのに！　あんな偏見と人間の都合だけ書かれた本を！　獣人が獣人だけで増えると？　違うよ、ナナ。人間だって獣人と愛し合ってつがうものがいるんだ。人間は弱いから、力の強い獣人が怖かったんだ。だから生まれた獣人と魔法で契約して自分たちのいいように洗脳しているんだ。

ナナは匂いを嗅がせてくれとお願いする。

幸造の幻は匂いだけでいいのかとあきれたように笑った。

「……え？」

霞《かすみ》がかかっていた意識が突然クリアになった。ナナが顔を上げるとそこには涙の跡がある幸造がいた。気づかないうちにナナはほとんど裸になっていた。パラパトの実が転がっているから、あちこち治してくれたのかもしれない。足首の紐《ひも》もないし、腰を縛っていたロープもなかった。

「幸造は泣いたのですか？」

「ナナが泣かせたんだ。俺を置いて行ったりするから」

「ごめんなさい。でもナナは発情期なので幸造といてはいけないのです」

「あのね。俺を信じて。これから先も俺だけを信じて。俺もナナのことを信じるから」

「幸造を信じます」

「うん。あのさ。改めて聞くけどナナは俺のこと好きだよね」

「幸造が好きです」

「俺も可愛くて、一生懸命で、カカリからも守ってくれるナナが好き。この世界で信頼できるのはやっぱりナナだけ。だから、ナナ、俺とつがおう。まだ分からないことが多くてナナを危険にさらすといけないから、子どもは作れないし、結婚もできない。でも番《つがい》になったらナナだけって誓う。ナナも俺だけだって誓って、この先の発情期はすべて俺と過ごす。いい？」

「えと。はい。でも、幸造が……」

「ナナは俺を？」

「信じます」

「うん。そろそろ発情期の熱がぶり返してくるかも。ナナ。顔を上げて。キスしよう」

ナナは幸造の腕の中で顔を上げた。幸造の唇がナナの唇を覆うと窺《うかが》うように幸造の舌が入ってきた。口の中が熱くなってきて、幸造が触れているところがムズムズとした。

どうしよう。幸造がナナと番になってくれるという。そんなこと、いいのだろうか。

「幸造、また体が熱くなってきました」

「うん。ナナ。大丈夫。俺に縋って」

さっきまで血だらけだったナナの胸に幸造が傷がないか確かめるように指を滑らしていく。

「ふぅ……」

興奮して爪を出さないように、それだけは意識が飛んでも守らないと。間違っても幸造が傷つかないように。ナナの決意をあざ笑うようにまた熱がぶり返してくる。体が疼《うず》いて、今度は押さえつけるものがないために、自分の手で敏感なところを探った。すると幸造がそこを上書きするように丁寧に触れてくる。固く尖った乳首を自分でいじると、幸造が口に含んで唾液で濡《ぬ》らした。柔らかい舌でクニクニと刺激されるとナナの息がハアハアと上がる。ナナの身体の奥からとめどなく愛液が溢《あふ》れる。グショグショで使いものにならなくなったショーツは幸造が脱がせてくれた。

「コウゾ……」

「ふふ。気持ちよくなるとカタコトになるの？　可愛い」

幸造に嫌われたくなくて我慢しても、はしたない尻尾が幸造に触ってほしいと絡みついて強請る。それを幸造が嬉しそうに撫《な》でるものだからナナはホッとした。求めても、いいのかな、と、おずおずと幸造に触るとそれを当然許すというように、好きなようにさせてくれた。

「コウゾ……だいすき……」

「うん。分かってる。分かってるよ、ナナ」

ナナは涙が止まらなくて、幸造は何度もそれを唇で吸い取った。頬に、唇にキスをくれた。ナナが安心できるように。ナナが怖くならないように。

「はぅ。あああ」

幸造がナナの入り口を小刻みに指で刺激すると熱を持った体は簡単にびくびくと跳ねた。何度も何度も高みにのぼらされてから幸造はナナの膣に指を入れた。幸造の指が中を探るとナナの意識は何度も飛んだ。目の前がチカチカして、もう何をされても気持ちがよかった。痛いほどだった刺激が少しずつ快感を拾うと、その感覚にナナは夢中になった。

「コウゾ、コウゾ、つがって……つがってください」

「覚えていて、ナナ。何があっても俺はナナを愛してるから。信じていい」

「はい。ナ、ナナも、コウゾを、あいしてます」

幸造といるとナナはいつも幸せを分けてもらえる。それだけでも十分だったのに、幸造はナナを番にしてくれるという。

「ゆっくりするから、痛かったら言うんだよ」

待ちわびていた幸造の一部がナナに少しずつ侵入してくる。ナナを気にして幸造はじわじわと腰を進めた。痛いのは平気。でも大事にされるのは慣れていなくて、ナナはまた泣いてしまう。それを幸造が勘違いして、いったん休憩して、ナナと幸造が一つになるまでに時間がかかった。

「全部入った……。膣《なか》を刺激するよ？」

幸造の男性器がナナの充血した肉壁を押し開いてぴっちりと収まった。ナナはその声に頷《うなず》く。排卵を促すために刺激するのだ。幸造の精はもらえないけれど、ナナは幸造の『特別』になれる。排卵が終わったら発情は終わるだろう。幸造がナナと繋《つな》がっていることに感動してしまう。尻尾の位置をどうしていいか分からなくて、結局ナナが四つん這《ば》いになって幸造を受け入れた。お尻を高く上げて、幸造にナナの濡れそぼった欲張りな穴のすべてを見られていると思うと恥ずかしかったが、幸造はそんなナナのことも「可愛い」「綺麗《きれい》だ」と言ってくれた。

ズチュリと幸造が腰を引いて、また深くナナの奥を突いてくる。ゆっくりだった動きが段々と速度を上げてくる。

「ああっ。ううぅ」

声を上げると幸造が心配するのでナナは小さく喘《あえ》ぐ。ナナの身体が幸造を受け入れて歓喜している。幸造が動くたびに気持ち良くて頭がおかしくなりそうだ。

「ナナ、ナナ……」

幸造がナナの名前を切なく呼ぶ。じゅぷじゅぷと男性器を出し入れする卑猥《ひわい》な音がナナの頭を馬鹿にしてしまう。気持ちがいいことしか考えられない。もっと。もっと。幸造にぐちゃぐちゃにしてほしい。

「コウゾ、コウゾ！　ああ、あああぁっ」

今までで一番の快感の波が来て、ナナはくたりと体の力を失った。それと同時に幸造はナナの膣《なか》から出て、白い精液をお尻に放った。少しだけ、残念な気持ちになったのは秘密だ。

幸造は簡単に精の始末をするとナナを抱きしめてくれた。優しく、壊れ物を扱うように抱きしめて撫でてくれた。ナナは幸造の腕枕に頭をのせた。

「コウゾ、つがってくれてありがとうございます」

嬉しくて、そう、告げたのに。幸造は泣きそうな顔をしていた。

＊　　＊　　＊

ナナの発情期は一日で終わった。次の日は二人ともへとへとで泥のように眠った。よくよく観察すれば、ナナはロープをくぐった木の下から洞窟へ連れてこられていて、毛布の上に幸造といた。どうやら、いなくなったナナを見つけた幸造が運んでくれたらしい。一緒に寝てもいいかと尋ねると「ナナが魅力的で興奮するから一緒に寝たくなかった」と最近避けられていた理由を聞いた。

「襲ってもいいなら一緒に寝てもいいよ」

「幸造になら何をされてもかまいません」

少しいじわるそうに言った幸造に、ナナがそう返すと呆《あき》れた顔をされる。

「ナナの愛は真っ直ぐすぎて困る。こんな悪いおじさんにつかまって、可哀想に」

「幸造は優しくて温かくて、かっこいいです。それに、おじさんではありません」

「俺、しがない会社員のフツメンだよ？　何ならオタクと呼ばれる部類なんだから。ナナを日本に連れ帰ったら幻滅されそうで怖いよ」

幸造が本気でナナを連れて異世界に帰るというので、嬉しくて天にも昇る気持ちだ。

「獣人は番一筋ですからそんな心配は無用です」

「そんなときだけ誇らしげに獣人て言うのか。まったく」

困ったような口ぶりだけれど、本当は嬉しかったようで、幸造はナナをそっと抱きしめてキスをしてくれた。困ったことに幸造とキスすることが好きになってしまった。

幸造はナナとつながってから、ことさらナナのことを大事にした。抱き着くと抱き返してくれたし、キスもしてくれる。そして歩く時は手を繋いでくれた。

嬉しくて、フワフワする。幸造といるとナナの世界は輝いていて幸せだった。発情のせいで一日遅れてしまったが、無事に三日で森を抜けられた。道を歩くとべたついた風が吹いてきた。戸惑っていると幸造がそれは潮風だと教えてくれた。丘を越えると目の前には途方もなく大きな水溜《みずたま》りがあって、ナナがぽかんと口を開けていると、幸造が笑ってあれは海だとまた教えてくれた。地図で青く塗りつぶされていたのが海なら、この水は向こうの大陸まで続いている。

「ご夫婦ですか？」

宿を取る時に今まで聞かれたことがない質問をされた。ナナが幸造の隣でオロオロしていると、クスッと笑った幸造がナナの肩を抱いて『新婚です』と言う。ナナはその言葉にドギマギして真っ赤になってしまった。

「新婚……」

幸造が新婚だなんていうので、ベッドのシーツの上に花びらが撒《ま》かれていた。

「宿のサービスかな」

ベッドサイドにはカゴが置いてあってお酒が入っているようだった。

「部屋も隣が空きの角部屋だし、そういう感じの部屋なのかも。ここまで御膳立てされたら仕方ないよね」

「……幸造は荷物を置いたら図書館を探すんですよね？」

「うん。そのつもりだったけど。番の魅力には逆らえないみたい」

「番……」

首を傾げるナナの膝裏を幸造の腕がすくったと思うとベッドの上に下ろされた。ポフンとスプリングが跳ねると撒かれた花びらも跳ねる。

「ナナを愛してもいい？」

すでにのし掛かられているナナの答えなんて、あってないようなものだ。

「発情期は終わりましたよ？」

「気持ちよくなかった？」

「……気持ちよかったです」

「ナナとしたいんだ。発情期じゃなくても、いっぱいしよう」

「はい」

発情期じゃなくても幸造はナナとつがってくれるのか。蕩《とろ》けあった記憶が蘇《よみがえ》るとナナの子宮がキュンと収縮するのがわかった。

「ふふ。トロトロになっちゃってるナナも可愛いけど、いつものナナも可愛い」

服を脱いでいく幸造に慌てて目を逸らした。昼間の光が幸造の身体を惜しみなくナナに見せつける。ドキドキしているナナの気も知らないで、さっさと裸になった幸造はナナの服を脱がしにかかった。

「成長、止まったのかな」

幸造がナナの白い胸を両脇からすくうように寄せる。ナナとしては、ずいぶん育ち過ぎてしまったと思っている。戦う時に邪魔になりそうな存在になってしまったのだ。表情を確認しようとしてナナが自分の頭を少し持ち上げると目があった幸造は見てろ、と言うようにナナのピンク色の乳首を口に含んだ。

「んんっ」

「ナナが邪魔そうにしているの知ってるけど、色も形も気に入ってる」

先日幸造とつがった時は、意識が半分飛んでいたので何をされても、よくわかっていなかった。ただ、体が熱くて気持ちいいと感じるだけだった。でも今は違う。両方の乳首をいっぺんにペロリと幸造に舐められて、恥ずかしい。ピリピリと痛いほどに興奮した乳首を幸造の舌に刺激されて、じわりじわりと快感が体の奥からせりあがってくる。

「コウゾ、そこ、ばっかり……」

「嫌？」

幸造が胸ばかりいじるので、ナナが抗議する。そんなナナに幸造が笑う。

「そうだよ。ナナ。嫌なことは嫌って言っていいんだ」

「え？」

「少しずつナナの契約を解除する。俺の命を守ること、俺の言うことは聞くように言われていたでしょ？　それと、伴侶探しを手伝うこと。決まったら報告すること。後から大神官が付け足したのは解除できたんだ。そうしないと……」

言いながら、ナナのショーツの中に幸造の指が潜り込んでくる。

「ひうっ。こ、コウゾ……っ」

指で敏感な場所をこすられるとナナの体はモゾモゾしてしまう。

「こうやってナナとつがえない。ナナは頭がいいから伴侶が番だってわかっている。ほんと、ナナには困る。先を読んで俺の為に行動するから」

「ごめんなさ……。ん、んんっ。あ、や、そこ、そんなにしないで。コウゾ……」

「ちゃんと教育を受けていないだけで、とっても頭がいいんだ。ナナは。文字だってすぐ覚えちゃうし。だから、あの本も読んでほしくなかったのにっ」

「ああ、ああっ」

「あの本を読んだんだから、男を喜ばすにはどうすればいいか、知ってるよね？」

「そんな……コウゾ……」

「今日は方法〝その一〟だけでいいよ」

「うう。コウゾがいじわるです……」

ずるずると幸造の下から這い出たナナは固くなった幸造の竿《さお》を手でやさしく摑むと口いっぱいに唾液を溜めてから幸造の高ぶりを口に含んだ。

「ええ！　ちょ、ナナ！　それは！　〝その五〟くらいだったろ！　あうっ」

四つん這いになったナナは戸惑いなく大きくなったソレを手で押さえてペロペロと舐めた。本に書いてあった通りに下から上へと、亀頭と書かれていた部分は丹念に口で刺激した。

じゅぷじゅぷとナナが頭を動かして竿を刺激すると、見たことのないような色気のある幸造の顔が見られて、奉仕しているナナも興奮した。

「ナナ！　ナナ！　ごめんっ！　悪かったから！」

「……気持ちよくないですか？」

「あ……いや、そうじゃなくって、出ちゃうから！」

「出たら、飲むって……」

「それはしなくていいから！　あの、その、もうナナに挿入《い》れたい！　お願い！」

「ナナもコウゾが欲しいです」

グン、と幸造の剛直が前とは違って余裕なくナナに入ってきた。まだそこは迎え入れることに慣れていなくて狭い。ミチミチとひだを広げられながら受け入れるナナは軽く息を吐いた。

「あー駄目だ、気持ちよすぎる……」

「ナナも気持ちいいです……はあ」

「優しくできなくてごめんね」

幸造がそういってナナの腰を強くゆすった。激しく求められるのは嬉しい。ナナを必要だと言われているようで。

「ナナ、心配にならないで。愛してるから」

「コウゾ……。んあああっ」

ちゃぷちゃぷと蜜をこぼしながら幸造を迎え入れる。最奥を突かれてナナの体が跳ねる。ナナが達してから幸造も外で達した。下腹にかかった幸造の精液が、とろりとへそのくぼみに落ちるのを感じた。ハアハアと荒い息をした幸造はそれを見てお腹をタオルで拭ってくれた。

キスをして、またシーツの中で幸造に抱きしめてもらう。

気持ち良くて、温かくて幸せで。幸造が大好きだ。

きっと幸造は分かっている。どこかで、人間である幸造がナナの元を去ってしまっても仕方ないのだと、ナナが諦めていることを。だから、安心できるようにと発情期でなくてもつがってくれる。

本当に優しい人。

心臓の契約はきっと厄介なものなのだろう。あの天才と言われているツガーレフが施したのだから。もしも幸造が王につかまったら、ポーラ姫と結婚させられてしまうのだろうか。ナナはツガーレフを裏切れないし、ツガーレフの言うことは絶対だ。そうなったとき、幸造を守れる自信はナナにはない。

幸造を信じてる。

この幸せな生活が少しでも長く続くようにと、願うしかなかった。

「なんだかな。ナナが色っぽくなっちゃって困るよね」

そんなふうに言われても、ナナだって幸造が色っぽくて困る。日の高いうちから何度も交わって、すっかり宿を出るのが遅くなってしまった。散々ナナを困らせた幸造はそんなことを言いながら手を握る。そうはいってもナナは嬉しくて拒めないし、幸造もやめるつもりはなかったのだと思う。

「この世界での夫婦って、何か身につけたりするのかな？　俺の世界では指輪つけたりするんだけど」

「ふうふ……ナナは知らないです」

「番になったんだから何かお揃《そろ》いでつけようよ」

図書館を探すと言って宿を出たのにそういって幸造は露店を回り始めた。ナナは困惑してしまう。夫婦だなんていいのだろうか。

「夫婦で身に着けるものって何かある？」

アクセサリーを売っている店で幸造が店主に尋ねる。

「この国じゃあ、ピアスが主流だけどお前さんたちは開けてないようだ。外国人かい？　イヤーカフにするか？」

「そうか。ピアスなのか。うーん。イヤーカフはチャラくて、なんか俺には抵抗あるな。指輪は？」

「そうする国もある。ちょっと待っててくれ」

店主はそう言って店の奥から箱を取り出してきた。

「これはどうだい？」

店主が指輪がたくさん入った箱を差し出した。

「好きな宝石をつけることができるぞ？　ただ、魔法を使うものは指輪をするのを嫌うんだ。魔法を使うなら指輪はやめた方がいい」

「そうなのか。俺は使わないけどナナは使うからな……」

「だったら指輪をチェーンに通したらどうだ？　気分でどちらも使える」

「お。そうします。ナナ、手を貸して。あ、違う左手」

「小指にしないのかい？　お客さん変わってるね」

「変わってるのか。まあいいよ。薬指にするから。この銀色のやつでお揃いを探そう」

幸造がどんどんと進めていくので口を挟めなかった。結局指輪は銀の輪に藍色の宝石をつけることにした。なんだか幸造がとても張り切っているように見える。チェーンも銀で出来ていて、店主は指輪の裏に二人の名前も彫ってくれた。とりあえずは、とナナの左手の指に幸造が指輪をはめてくれた。

「ありがとうございます」

店を出たところで幸造にお礼を言った。時間も惜しいだろうに幸造はこうやってナナに色々なものを買ってくれる。

「これは、ナナと俺との愛の印だからね。肌身離さず持っていてよ？」

「そんなに大切なものなのですか？」

「俺とナナが『番』だっていう証だ」

「……」

「ナナ？　どうした？」

「幸造、これ、飲み込んでしまっていいでしょうか」

「へ？　何言ってるの？」

「そんなに大切なものをなくしてしまったら、ナナは生きていけません」

「大げさだなぁ、って言えないナナの真剣さが怖い。あのね。俺はナナが好きだから、お揃いのものを持ちたかったんだ。もしもナナがそれを失くしても、残念だとは思うけど、それだけだよ。ナナが一番大事だから」

「……」

何かを所有することは、とても勇気がいることだ。ナナが持っているものは誰かが欲しいと言えば手放さないといけないからだ。それがどんな大切なものであっても。ツガーレフはナナが何かに愛着を持つことを嫌がっていた。

「大事なものはなくなるとつらいので困ります。ナナはもう幸造にオレンジ色のリボンをもらっています」

そういって空色のポシェットをぎゅっと抱えると幸造が眉毛をハの字にして苦笑した。ナナポシェットにはボロボロの藍色のリボンと幸造の匂いが付いたタオルが入っている。ナナの大切な宝物だ。
「ナナにはまだ難しかったかな……ごめんね。ちょっと俺、浮かれてて。もっと落ち着いたらもう一度ナナに渡していいかな？」
幸造がそういってくれたので、ナナはホッとして大切な指輪を幸造に預けた。幸造は
「これは先が長そうだな」とひとり言を言っていた。

＊　＊　＊

海が近いこの町の図書館は、様々な国の言語で書かれた書物が沢山あった。どんな言語でも読めてしまう幸造は興奮して本を読み漁った。逆にナナの読めるものは少なかったので、ナナは相変わらず地図を眺めた。日が暮れて、閉館の時間が来て追い出されるまで、幸造は夢中になって本を読んでいた。

「ずいぶんたくさん読んでいましたね。異世界に帰れる方法は分かったのですか？」

「うーん。多分、異世界人に関する資料はどこかで厳重に管理されていて、外には出ていないと思う。きっと城にあるんじゃないかな。まあでも、ここにはいろいろと興味深い文献が沢山あった。しばらく通うよ」

「そうですか」

幸造が日本に帰るには城に一度戻って、どこかにある異世界に関する資料を探す必要が

あるのだ。単純に考えても、落ち人の神託を受けた国こそ、落ち人である異世界人のことを詳しく知っているはずだろう。そして、神託ということは神殿がかかわっていて、その頂点にはツガーレフがいる。今、彼らの思惑から逃げているので、これから先、すんなり幸造が帰る方法を教えてもらえるというのは想像できない。きっとそんなこと、幸造はとっくに分かっているだろう。

幸造を信じている。でも、ナナとつながってしまった幸造が、この先、どんな扱いを受けるかと想像すると胸が痛んだ。

宿に戻ると夜に幸造がナナを同じベッドに誘ってくれる。そのまま幸造はナナを包み込んで、愛してくれる。「まずは俺に愛されることに慣れようね」と言ってナナを抱く。幸造と一つになると、ナナはもう何もかもがどうでもよくなるくらい幸せだった。

そうしてこの街の図書館に通い詰めて三日ほど経った頃、立派な神殿の紋章の入った馬車が宿の前に停まった。それに誰が乗っているか、ナナにはすぐにわかった。

四章　賢者様はお嫁様を奪われてしまう

　狭い部屋いっぱいにツガーレフの威圧感が広がる。珍しくツガーレフはいつもの冷静さを失っていて、イライラと幸造に声をかけた。

「どういうことか説明していただきたいですね。ずいぶんとこちらを困らせてくれたのですから」

「見つけてくれなくて良かったんだけど。あなたたちは俺を一体どうしたいの？」

「賢者である貴方をお守りするのが私たちの務めなのです。それを、勝手にいなくなるなど」

　ツガーレフは幸造にそう言い募りながら、ナナを見つめていた。こんなに怒っているツガーレフを見るのは初めてで、怖くて怖くて仕方なかった。そんなナナの手を幸造がそっと握ってくれた。

「賢者として各地を見て回るのはいいですよ。仕事としてならね。でも、お見合いはまっぴらごめんです。ポーラ姫にもお断りしました。俺は結婚しません」

　幸造がそういい切るとツガーレフの眉間にしわが寄った。

「とにかく、戻っていただきたい。見合いの話をなくせば、貴方はお戻りになるのですか？　エポタロッテで、貴方のお知恵を借りようと首を長くして待っている者たちもいるのですよ。それならそうと、ご相談なさってくださったらよかったのに」

エポタロッテは幸造が逃げださなければ、次に行く予定だった場所だ。

「あと、ナナはこのまま俺と一緒に行くので。俺はナナの『番《つがい》』になりました。そこで相談なのですが、大神官が施したナナの契約を解除してもらえませんか？」

「はっ。馬鹿なことを！　あなたはこの獣人を慰み者にしたのですか？　番という言葉を理解していらっしゃるので？　ナナ、薬も飲まず、そんな姿になって、お前が賢者様を誘惑したのだな！」

ツガーレフが立ち上がってナナに詰め寄り、肩口を摑《つか》んで立ち上がらせて後方へ突き飛ばした。

「何をするんだ！」

ビリッと引っ張られたシャツが破れた。ナナの白い肩を見たツガーレフはさらに激高した。ナナの体についた幸造との情事の跡を見つけたのだ。

「この、淫売め！　私が！　育ててやったというのに！　賢者様を愚かにも罪に落としたというのか！」

ツガーレフが手を挙げたのを見たナナは、体を小さくしてその衝撃に備えたが、その手がナナの体に触れることはなかった。幸造が、ナナをかばってくれていた。

「幸造！」

「大丈夫だから、ナナ」

幸造に何かあったらどうしようとナナは真っ青になる。魔獣だってなんだって平気で戦えるが人間には手が出せない。ナナの動揺を悟ったツガーレフの唇が、不敵にゆがむのが見えた。

「私がナナに施している契約はちょっとやそっとでは解除できませんよ。貴方はよほどナナにご執心のようだ。よかったですね、ナナ。賢者様の性欲発散に体を使っていただけて。番ごっこは楽しいですか？　本気にするなんて愚の骨頂です。お前は汚らわしい獣人なのだから！」

「大神官！　それ以上、ナナに酷い言葉を浴びせるなら俺にも考えがある」

「考え？　面白い、その考えとやらを聞こうじゃないですか。ただし、この後でね」

ツガーレフは幸造を押しのけて、ナナの体にナイフを突き刺した。ナナの胸に鮮血が広がっていく。突然の衝撃にナナは声も上げられなかった。

「何するんだ！　お前！　頭がおかしいのか！　待ってろ、ナナ。パラパトの実ですぐに！」

幸造の慌てた声が聞こえた。ナナの胸から血が広がっていくのを幸造は必死に止めようとしてくれていた。

「こんな獣人の為に、貴方は奇跡の実パラパトを使うというのですか？　まったく頭がおかしいでしょう。おい、賢者様を休ませて差し上げろ。どうやら相当疲れて気が動転しておられるようだ」

「やめろ！　くそ、離せ！」

「おとなしく王の使者に戻ってもらえますか？　賢者として。そうしたら、あなたのお気に入りの獣人を治癒して差し上げますよ？」

「くそっ」

「賢者様をこんなにも惑わすとは、なんと穢《けが》れた獣人だろうね。殺して、見せしめにして、どこかに死体を飾りましょうか」

ツガーレフが非道な言葉で幸造の自由を取り上げようとしていた。いっそ、見捨ててくれても良かったのに、優しい幸造はナナを助けてしまう。「逃げて」と言いたくてもナナにはそんな気力はなかった。

「……わかったから、ナナをすぐに治療しろ」

「ええ。素直な賢者様の方が助かります。おっと、ナナは私が。治癒もまだ完全ではありませんからね」

ツガーレフは簡単にナナの傷口を塞いでからその体を抱き上げた。もちろん表面しか塞いでないので胸が焼けるように痛い。ツガーレフとはこういう男だ。

見せつけるようにツガーレフがナナを運ぶ。悔しそうな幸造の顔を見て、ツガーレフが笑ったのが分かった。ナナは痛みに耐え、涙をこぼすことしかできなかった。

隣の部屋に連れていかれて、室内で二人きりになると、ツガーレフはナナをソファに座らせて胸に手を当てた。ホワリと温かいこの感覚を知っている。神殿でナナに治癒を使うのはツガーレフだけだからだ。

どうして？

どうしてツガーレフは治癒するのだろう。幸造を捕まえたのなら、ナナを殺して死体を晒《さら》せばいいのに。

「賢者様はお前の『番』らしい。お可哀想にね。頭がおかしくなられたようだよ。だから、薬を飲むのを忘れるなと言ったのに」

「ナナは……」

ツガーレフの手がナナの体を確認するように触れる。拒否しようと思うのに動けなかった。契約のせいではない。恐怖だった。深い緑色の冷たい瞳にとらえられるだけで、体はもう動かなかった。がくがくと震えるナナを見てツガーレフが笑った。

「自分のことは「私」と言いなさい。もう、大人なのですから。そうしていると、ついこの前までの幼い姿を思い出しますよ。ああ、こんなに跡をつけられて。なかなか賢者様は好き者なのですね。すっかり女の体になってしまって」

大人しくしているのを見て、少し落ち着いたのか、ナナの身体を倒して膝にナナの頭を乗せた。どうして膝枕なんてしてくるのか分からなかったが、動作だけは酷く丁寧だった。

「そんなに成長したかったのなら、早々に種付けして差し上げますよ。お前に子どもが出来れば賢者様も目が覚めるでしょう。ちょうど、次に行くエポタロッテに、お前に種付けしてくれる白猫の獣人がいますから。知っていますか？　発情期を促す薬もあるんですよ？　ふふ。楽しみですね」

ツガーレフはそのまま優しくナナの銀髪を撫《な》でた。ナナは恐ろしくて、その手が髪の上をすべるのをジッと我慢することしかできなかった。

ナナの傷が癒えるとツガーレフが持ってきた服に着替えるように言われた。不思議とサイズはぴったりで、禁欲的な服は胸を締め付けたが、着ると線の細い男に見えないこともなかった。

「さて、賢者様がお呼びですからね。行きましょうか」

ナナを満足そうに見て、ツガーレフが言う。ナナを助けるために幸造は賢者としてエポタロッテに行くことになってしまった。

「ナナ」

幸造に呼ばれて、ナナは走って傍へ行きたかったがツガーレフがそれを目で制した。

「賢者様、ご自分の行動にぜひともお気を付けください。お付きの獣人に手を出したなんて知れたらおおごとですよ。ナナを断罪されたくなければ、ね。さあ、エポタロッテまで私がお送りいたしましょう」

幸造とナナは馬車を分けられた。ナナは獣人とバレないようにしっかりと耳を隠すために帽子をかぶせられた。尻尾も隠してあるので見た目は人間の使用人に見えるだろう。ナナはツガーレフと同じ馬車に乗せられた。床に座ろうとしたナナをツガーレフは隣に座るように促した。びくびくしながら距離を空けて座っていたが、馬車の揺れのリズムに疲労していたのか眠ってしまった。

意識が遠のくなか、ツガーレフがナナを自分のほうに引き寄せた気がした。

＊　　＊　　＊

「まあ、大神官様までいらしてくださるなんて！」

幸造たちを出迎えたのは明るい栗《くり》色の髪をした、ピンクのドレスの似合う可愛らしい女性だった。

「これこれ、はしたない。ご挨拶もせずに。すみませんね、ツガーレフ様、賢者様。私はこのエポタロッテの領主ミフラン＝エポタロッテ。これは私の愛娘カローラです」

「コウゾウ＝ヤナギモトです」

「賢者様は見事に王都の水不足も、パラパトの木の問題も解決されたとか。いや、素晴らしい。私の領地も是非見ていただきたい。北の沼地がなぜか広がってきていて、厄介だと思っていたところだったのです。まま、とりあえずはお食事の用意をしていますのでその時に詳しく聞いていただけると嬉《うれ》しいです」

「ツガーレフ様も泊まっていかれるのでしょう？」

「ええ。例の件もお願いしておりましたので。今夜は是非」

先ほどから獣人の匂いを嗅ぎ取っていたナナは絶望的な気持ちになった。ツガーレフはここにいる白猫の獣人とナナを交配させる気だ。

「おや。気づいたのですか？　獣人は鼻がいいですからね。きっと向こうも気づいているでしょう。後で会わせていただきましょうね。よかったですね。獣人同士、つがって子が出来れば、賢者様がお前と関係したなど勘繰るものはいないでしょうからね」

蒼白《そうはく》になったナナに気づいてツガーレフがそう、ささやいた。幸造と引き離されてナナはどうすることもできなかった。夕食時になってツガーレフが部屋を出ていった。ナナは魔法を封じる手錠をかけられて、納屋に閉じ込められ、体を小さくして座っていた。

「コウゾ……」

心細くて悲しくなっていたら、手のひらに小さな光が止まった。

「精霊さん？」

答えるように光はチカチカとともった。きっと幸造がよこしてくれたのだと、嬉しくなった。すると納屋が遠慮がちに叩《たた》かれた。

「おい、いるんだろ？」

その声で体はこわばった。匂いで分かる。それが獣人の男であることが。

「あのさ。話しときたいことがあるんだ。あんたにも悪い話じゃないと思う。開けるけど、襲うなよ？　平和的解決に来てやったんだからな」

その言葉にナナはきょとんとした。どうやら声の主はナナを襲いに来たのではなく、しかも襲われたくもないと思っているようだった。

「わかりました」

そう答えると納屋の戸が開いて、白猫の獣人がこちらを覗《のぞ》いていた。

「うわ、ほんとにユキヒョウなんだな。すっげえ美人」

白猫の獣人はどう見てもナナより年下に見えた。ツガーレフが交配まで時間をかけていたのは、この獣人が育つのを待っていたからかもしれない。

「聞いてるんだろ、今夜、俺たちを交配させようっていう話。あんたは美人だけど、もう番がいるし、俺も実は番がいる。あんたと同じ『運命の番』だ」

「え？」

「匂いで分かるだろ？　運命の番を見つけて、つがった獣人は他にはもう発情しないから。俺はまだ成長しきってなかったから、つがえてないけどね」

「え？　う、運命の番って？」

「は？　あ、あんた知らずにつがってたの？」

「は、はい。教えてくれませんか？　その、運命って」

「時間がないから簡単にな。運命は、ほら、人間でいうと一目ぼれとかそういうふうに言われがちだけど、俺たち獣人は何人かに一人、特別な番を得られる幸運な獣人が生まれるんだ。お互いが唯一無二で、出会ったら本能で分かる。もう、好きで好きで仕方ないってやつ。あんたもそれはわかるだろ？」

「……わかります」

「で、そのペアは出会ったらお互いでしか発情しないから、つがうと発情期でも番以外に反応しなくなるんだ。ま、だから今夜、発情促進剤を飲まされても、あんたは俺に発情したりしない。そこは安心して」

「そうなんですか！」

「で、提案なんだけどさ。俺はここを逃げ出そうと思ってる。俺は獣人の国から来たんだ。密猟者に取っつかまって、ここにいるだけ。運命の番も獣人の国で俺の帰りを待ってる。……一緒にこないか？」

「え」

「あんたもたぶん貴重な種族だから、獣人の国から攫《さら》われたんだと思う。いい加減なこと言っても駄目だから今は言わないけれど、あんたの両親はあんたを探していると思う」

「私の両親……」

「どう？　協力してくれる？」

「えと、もちろんそれは協力しますけれど、獣人の国に行くかどうかは……」

「うん、分かってる。それはあんたの番と相談すればいいよ。離れらんないのは分かるから」

「どうすればいいのですか？」

「多分、今夜にもさっそくあんたとセックスさせられると思うんだけど」

「せ……」

「ああ。交配のことな。その時に抜け出そうと思うんだ。けど、ここのカローラお嬢様は変態だから、もしかしたら「みんなで鑑賞いたしましょう」とか言い出すかもしれない。いや多分言うと思う。だから、恥ずかしくて集中できないみたいな演技が欲しいんだ。そうしたらきっと二人にさせられるだろうし、ここを抜け出せる」

「うまく抜け出せたら幸造もここから逃げられるでしょうか」

「幸造って、あんたの番はあの賢者か？　なら大丈夫だろ」

ナナがつかまっていることが幸造の弱みになっているのだからナナがいなくなれば幸造は自由になる。

「お願いします」

「よし、そうと決まったら後で手錠の鍵は外してやるからな」

「ありがとうございます。え、と。私はナナです」

「俺はウーノ。よろしくな。あ、後で会うときは初めましてだからな。ちょっと乱暴めに演技するからよろしくな」

「わ、分かりました」

ウーノが出ていってナナはホッと息を吐いた。よかった、幸造以外とつがわされることはない。ふと足元を見ると精霊の光が三つに増えていた。

「もしかして、このことを幸造に伝えることが出来ますか？」

ナナがそういうと三つの光が強く光って答えた。後はツガーレフに感づかれないようにしなければならない。必ず、逃げてみせると強く思った。

「これはまた趣味の悪い。カローラ嬢はあれで処女だというのだからあきれる」

しばらくして戻ってきたツガーレフが、ひらひらとした薄い布をナナの目の前で広げて言った。

「今夜の交配の為に用意してくださったらしいですよ。子種をもらう約束ですからね。仕方ない。これに着替えなさい」

命令されるとナナは契約のせいか、恐怖のせいか従ってしまう。つまみ上げると、胸と局部に小さい面積の布のついた紐《ひも》の下着に、透ける素材の白いドレス。ドレスの裾には小さな鈴が数個ついていた。

「それを身に着けたらローブを羽織らせてあげます」

ナナがなかなか動かないのを見て、ツガーレフがため息をついてそう言った。もう、恥ずかしくて死にそうになりながらそれらを身に着けた。シャラリ、とナナが動くたびに鈴が鳴った。

ツガーレフは着替え終えたナナの後ろから首筋に手を当てていった。幸造がつけた鬱血痕を消したのだろう。心臓の上に手を置かれたとき、魔法陣を確認したのかピリリと痛みが走ったが、ナナは恥ずかしさにそれどころではなかった。

「ナナ、私を見なさい」

深い緑色の瞳に怯《おび》えるナナが映っていた。数分の間、ツガーレフはそうしていたが気が済んだのか、つまらなそうな顔をした。

「……行きましょう」

ローブを羽織ったナナは、また手錠をかけられて部屋を出た。


連れてこられたのは大きな鉄の檻《おり》が設置されている窓のない部屋だった。檻の前には椅子が置いてあって、カローラが座っていた。ツガーレフは彼女の隣に腰をおろす。席はもう一つ残っている。カローラの後ろには白い猫の獣人、ウーノが立っていた。

「自分の飼っている獣人の交配だもの。ちゃんとできるかこの目で確かめた方がいいでしょう？」

カローラが隣に座ったツガーレフに、はしゃいでそう言った。本当にナナとウーノの交配を見るつもりだったのかと、ナナは面食らった。

「私の白猫獣人も美しいでしょう？　この子を手に入れるのに、そうとうお金をかけましたのよ」

ウーノは白い服を着せられて黒い首輪をかけられていた。首輪に繋《つな》がったリードをカローラが持っている。彼は表情なく立っていた。ナナはウーノをちらりと見たけれど、彼は微動だにしなかった。

「ええ。本当に美しいですね」

「まあ、でも貴方のユキヒョウは格別ですわね。ちょっと体をよく見せて頂戴」

言われてジッとしていると今度はツガーレフから命令された。

「ナナ、カローラ様に体を見せなさい」

ナナはギュッと目を瞑《つぶ》ってから、ゆっくりと体を回して見せた。

「ああ、綺麗《きれい》だわぁ。ほんと、どんな子供が生まれるかしら！　楽しみだわ！　さて、始めましょうか？　まだ賢者様は来られないのかしらね」

カローラの声に身体が固まる。幸造も呼んで見せるつもりなのだ。

「先に始めていてもいいのではないですか？」

面白がるようにツガーレフが言って、カローラがコップに赤い液体を注いだ。ナナは諦めて赤い液体を飲み干す。ウーノの言っていたことを信じるしかない。演技と言われてもどうすればいいのだろうか。すがるようにウーノを眺めると、恥ずかしいのか下を向いていた。発情した演技を始めないと、と覚悟を決めた時、嗅ぎなれた匂いがして心臓がドクリと鼓動を打った。

「遅れました」

そういって部屋に入ってきたのは幸造で、素早くナナの状況を確認するとツガーレフを一瞥《いちべつ》してから空いている椅子に座った。

「薬が効くまでは、もう少しかかるかしら。ねえ。ツガーレフ様、幸造様。私、どちらと結婚してもいいのですよ。お父様もそう、お望みなんです」

よく見るとフリルのついたカローラの服も、際どいところまでスリットが入っていて欲情的だ。白い足を惜しげなく見せつけていた。

「大神官様は魅力的な方ですからね。大変な美丈夫ですし、魔法も天賦の才をお持ちだとか。選ばれるなら大神官様がよろしいでしょう。私なんかがどうして敵いましょうか」

幸造が笑顔でそう返せば、ツガーレフがフッと鼻で笑った。

「うふふ。賢者様はご自分の価値を分かっていらっしゃらないのね。貴方様が望めばどんな美女も嫁ぐでしょう。例えば、私、とか」

第一印象はフワフワとして可愛い感じに見えていたカローラの口端が妖しく上がった。

そのやり取りをツガーレフは特に関心がなさそうに見ていた。

「そろそろ檻に入ってもらおうかしら」

カローラが小首をかしげてそう言うとナナは後ろから出てきた使用人たちに檻に入れられた。その様子を見て、少し幸造が腰を上げたのが見えたが、きっと幸造もウーノがナナに危害を加えずにいてくれるのを精霊に聞いているだろう。ぐっとこらえるように拳を握って座り直していた。

おとなしくナナが檻に入ると嗅いだことのない匂いがした。

「ウ、ウ……」

後に入ってきたのは大きな体をしたもう一人の白い猫の獣人。薬を飲まされているのか目の焦点が合っていないようで、口からもよだれが垂れていた。

「ざーん、ねーん、ねぇ。この白猫の獣人はまだ体が出来上がっていないの。この子と交配させたかったけど、今日はあきらめるわ。そっちは賢くはないけど、ちゃあんと大人よ。ちょっと乱暴かも知れないけど、ね」

どういうことだろう。ナナの相手はウーノではなかったのか、彼を見ると下を向いて蒼白な顔でブルブルと震えていた。

「……、……、……、」

檻に入ってきた大きな白猫は、何かをぶつぶつとつぶやきながらナナの足を掴もうと手を伸ばした。ガシャン、とナナの手錠が揺れる音がしてナナは男から距離を取った。

「あらあら。相手が違って、お気に召さないのかしら？　ウーノぉ。ナナちゃんに謝る？でも逃亡を企てる悪い子にはお仕置きが必要よね？　あはは。そうね、首輪の電流でしゃべれないものね。謝ることもできないか」

その言葉にツガーレフが小さく笑った。カローラが片手を振り上げるとリードが引っ張り上げられてウーノの首が締まった。

「う……」

「私はウーノとユキヒョウの子が欲しかったのに残念よ。しかも『運命の番』がいるですって？　契約がいまいち上手く発動していないと思っていたら、そんなことがあるのね。おかしいと思ったのよ、普通なら、女性の契約者は獣人に溺愛されるのに、ウーノはいつまで経ってもしぶしぶといった態度なんだもの」

首を絞められてもウーノはカローラを睨《にら》んでいた。カローラはそれに我慢できないというように笑った。

「ふふふ。さあ、ウーノぉ。いつものようにして」

カローラが足を差し出すとウーノは悔しそうに膝をついてカローラの靴を脱がして足の指を親指から丁寧に舐《な》め始めた。

「ん、ん、いいわ。ほんと、その屈辱に歪《ゆが》んだ顔がたまらない。さあ、ショーが始まるわ。ナナちゃんはいつまで逃げていられるかしら。その白猫の獣人は薬で興奮状態だから、気を付けないとね。あんな大きな体の獣人と交配が始まったらナナちゃん壊れちゃうかも。可哀想ねぇ。でもウーノが悪いんだから、仕方ないね」

「かはっ！」

ウーノが何か言いかけるとカローラがリードを引いた。ウーノは声を出せずにいる。

ガタン！

幸造がもう我慢ならないと席を立つと、使用人が飛んできて幸造を押さえた。

「おや、突然どうしたのです？　そちらの白猫と逃げる計画でしたのに残念でしたね。貴方の大事な『運命の番』は目の前で薬でいかれた獣人相手に種付けされてしまいます。でも、それも仕方ないことです。賢者様を誘惑した悪い子なのですから」

シャラン、とナナが動くと小さな鈴の音が鳴る。音に反応して檻の中の獣人は唸《うな》り声をあげて向かってくる。狭い檻の中でナナが捕まるのは時間の問題だった。

「ナナを、解放しろ」

「あら。賢者様。では私と結婚してくださいますか？」

「え？」

「あなたと結婚すればこの地は潤い、莫大《ばくだい》な富が約束されるのですって」

「……」

幸造の顔が怒りで歪むのを、面白そうに見ていたツガーレフが声をかけた。

「ひとつ、面白いものをお見せしましょうか」

ツガーレフは席を立つとカローラの足を舐めていたウーノをカローラの足から少し離した。ウーノが怪訝《けげん》そうにツガーレフを見ているとツガーレフはウーノの胸元に手をかざして魔法陣を浮かび上がらせた。ツガーレフは魔法陣に何かを書き加えた。

「ひぐっ！」

ウーノは自分の心臓をシャツの上から押さえつけて床に倒れた。ナナは知っている。魔法陣の契約に干渉されたときに起こる症状だ。うつろな目をしていたウーノがしばらくしてのろのろと起き上がり、カローラに向き合った。

「愛してる。俺の運命の番」

ウーノがカローラを見つめ、今度は自分から嬉しそうにカローラの足を丁寧に舐めだした。

「ウーノ……急にどうしちゃったの？　うふふ、くすぐったいわよ」

「少し、カローラ様の契約を書き換えただけですよ。こんなにうまくいくなんて思っても見ませんでしたが『運命の番』とはすごい効果なのですね。へえ。いいですね。こんなに愛してもらえるなんて。賢者様もナナに愛されてたまらなかったでしょう。貴方もナナが『運命の番』だと分かったのですか？　人間の方はそういう感覚は薄いか、もしくはないのかもしれませんが」

「……昨日のナナとウーノの話を聞いていたのか？」

「盗み聞きできるのはなにも貴方だけではないのですよ？」

「ツガーレフ、貴様！」

怒る幸造の声が聞こえる。何とかこの状況を回避しようと檻の柵に足をかけて獣人の男の後ろに回ろうとしたナナは足を掴まれてしまった。

「ナナ！　くそっ、精霊！　力を貸してくれ！」

幸造が叫ぶと光の粒が集まってきた。が、一定の距離を置いてその光の粒は留まっているように見えた。

「無駄ですよ、賢者様。貴方が『精霊の愛し子』であるのは最初から分かっています。私が精霊たちが入れないように結界を張りました。ふうん。耳に入れていた石に気が付いて出したのですか？　あれを作るのには苦労したのですよ？　貴方の能力がそこそこ使えるように調節するのが難しくて」

ざり……。

摑んだナナの足を獣人の男が舐める。もう片方の足で蹴っても大きな男には大した効果もないようだった。

「やめっ、やめて！」

叫んでも男には聞こえない。幸造が檻に近づこうとすると使用人たちが邪魔をする。ナナはついに男にのしかかられて動きを封じられてしまった。はあ、はあと白猫の獣人の息遣いが耳元で聞こえ、生ぬるい汗が垂れてくる。

「いや、いやだ……。やめて……たすけて」

魔法が使えれば、ナナの相手ではないが今は無力だ。男に押さえつけられ、ショーツを乱暴に横にずらされたとき、小さな異変が起きた。

「カローラ様、ナナを檻から出してください」

苦しそうなツガーレフの声が聞こえた。檻から助けを求めて差し出していたナナの指にツガーレフが触れていた。

「どうかなさいましたか？　ツガーレフ様」

不思議そうにカローラが尋ねた。ウーノが自分の思い通りに愛をささやくものだから、カローラは有頂天になっていて、ツガーレフの違和感に気づいていなかった。

「……」

「まあ、神殿の殿方は初心でいらっしゃるのね。獣人の交配を見学するのは初めてなのですか？　なかなか激しいので、ツガーレフ様には刺激が強すぎたかしら。あん、」

手の指も丁寧にウーノに舐められて、うふふ、とカローラが笑う。檻の中ではナナの上に乗り上げた獣人がナナに腰を押し付け始めていた。

「カローラ様、中止です。ナナは連れて帰ります。申し訳ありませんが交配の件はなかったことに」

「ええ？　何を言い出すのです？　この話を持ち掛けてきたのはツガーレフ様なのですよ？　見るのが嫌なら隣の部屋で二人きりにさせておきましょう。朝まで入れておけばきっと大丈夫ですわ。私、白猫とユキヒョウの子が欲しいです。ウーノ以外の白猫を連れてくるのは大変だったのですよ？　複数産んだら一匹は私に譲ってくださるって、約束したじゃないですか！」

カローラのその言葉を聞いてツガーレフはイライラと答えた。

「おい、今すぐ檻を開けるんだ、その白猫獣人をどかしてくれ！」

ついにツガーレフが檻の前の使用人に命令した。驚いた使用人は檻の鍵を開けた。迷いなく檻に足を踏み入れたツガーレフは魔法でナナと白猫の獣人を離した。ぱきん、と音がして手錠が外されると、だらりと腕を垂らしたままナナはツガーレフに抱き上げられた。

「ツガーレフ様？」

カローラはやっとツガーレフの行動がおかしいことに気づいたが、何が起こっているのかはわからない様子だ。ただ大きな白猫の獣人が檻の中で一匹、魔法で拘束されてガウガウと興奮して叫んでいた。

「ナナ！　ナナ！　大神官、ナナをどうするつもりだ⁉」

ツガーレフに抱かれたナナは幸造の名を口にしようとしたが、声が出せなくて口をパクパクするしかできなかった。けれど幸造はナナが自分の名をよんだことが分かったようだった。幸造は何とかしてナナを取り戻そうと暴れていたが使用人が抑え込んで離さなかった。

「……カローラ様。賢者様のことはお任せいたします。このお詫《わ》びはいたしますので」

早口に言い、ツガーレフがナナをあっという間に連れて部屋を出て行ってしまう。

「はなせ！　ナナ！　ナナ‼」

なんども叫ぶ幸造の声を聴いてもナナはもう動けなかった。

＊　　＊　　＊

「私は何をしているのだ……？　いったい、何が起こっている？」

急いで馬車を走らせて王都の別邸にナナを運び入れたツガーレフは自分の行動が信じられなかった。

――たすけて。

その声を聴いて檻の隙間から伸ばされたナナの手に触れると、ナナを助け、誰にも触れさせたくない衝動にかられた。気が付けば、檻からナナを出して、自分の邸に運び込んでいる。ナナの足を舐めた白猫の獣人も、ナナを抱いたという賢者も、殺してやりたい気分だった。

馬鹿な、少し契約をいじっただけだ。

ナナと賢者が『運命の番』だと話に聞いてナナとの契約を書き換えた。ナナに自分を『運命の番』だと誤認させるつもりだった。いつも怯えて自分を見ているナナが賢者を求めるように自分を愛するようになれば、面白いと思っただけだ。だが、魔法陣に書き加えてもナナはいつものような契約時の反応を起こさなかったし、特別ツガーレフに好意をもった態度にもならなかった。だから単純に女の契約者と男の契約者の違いか、もともとツガーレフが組んだ魔法陣が複雑すぎたのが原因だと思って気にも留めなかった。

次に嫌々カローラの足を舐める白猫を見て面白がってカローラの契約の干渉をした。ナナと同じように『運命の番』と誤認するよう書き換えた。カローラが結んでいた単純な契約なら少しいじっただけで、あの生意気だった小さいほうの白猫は簡単にカローラを『運命の番』だと誤認した。やはり、考え方は間違っていなかったと満足したのだ。

なのに、あられもない姿で男に腰を押し付けられ、助けを求めるナナの姿にツガーレフの何かが反応した。

あり得ない。

――たすけて。

少し求められただけで、なんでもしてやりたくなるなんて。

この私が、ナナを『運命の番』だと誤認してしまったのだろうか⁉

まさか、私は人間だ。

そんな、獣人のような感覚があるわけがない。

ナナを独り占めして閉じ込めて、可愛がりたい。助けを求めるなら、助けてやりたい。

愛したい。

愛されたい。

手にしたコップを力任せに壁に投げつける。こんなことで気持ちが収まることもない。

獣人ごときに惑わされて、振り回されるなんてあり得ない。『運命の番』という厄介なものに体が変に誤作動してしまっただけだ。

王にいい顔をするために、恩を売るためにツガーレフはお気に入りの美しい獣人を賢者に貸した。それでナナが賢者を守って死んだとしても、ツガーレフの評価が上がるだけだ。いつだってツガーレフは冷静に判断してきた。その時々に、最善の方法をとってきた。そうしてこの歳で大神官という地位を築いたのだ。

扉の奥にはナナがいる。自分の手でここへ連れてきてしまった。約束を破棄して、カローラも怒っているだろう。こんなことが国王にバレたら自分はどうなるのだろう。今までの努力が水の泡だ。

それでも。

どうしようもなく、ナナを独り占めしたい気持ちが膨らむ。

「うああああああ」

ツガーレフがこんなにも自分の感情がコントロールできないのは初めてだった。どこで間違えた？　運命の番とはこんなに恐ろしいものなのか。目頭を押さえてツガーレフはどうしようもない感情に戸惑っていた。

＊　　＊　　＊

目を覚ますと白い天井が見えた。大きな白い獣人に襲われて、ナナは助けを求めて手を伸ばした。ナナの手を掴んだのはツガーレフだった。一体、何を考えてナナを助けたのだろう。ここには恐怖の匂いしかなかった。ナナを小さいころから管理してきたツガーレフの匂いが充満している。

幸造はどうなったのだろうか。ナナがここにいるということは、幸造にとって不利な事態になっている可能性がある。何より、ナナは幸造に会いたい。幸造に会いたかった。

「コウゾ……」

最後に見た幸造は心配そうな顔をしていた。そんな顔をさせてしまった。幸造がナナを助けるためにカローラと結婚したらどうしよう。

「コウゾ……」

体を起こすとあのへんな薄い服しか着ていない。ナナは色々と泣きそうだった。ふと、ナナの耳が足音を拾って、体をこわばらせる。とにかくシーツに潜って、まだ眠っているふりをした。

キイ、と音がして入ってきたのが、ツガーレフであることは匂いで分かった。シーツから少し出ている頭にツガーレフが触れる。耳が動きそうになるのをナナは我慢した。ツガーレフはしばらくナナの頭を優しく撫で、耳の後ろをくすぐってから離れていった。彼が出ていくとナナは慌てて起き上がった。少なくとも怒っているような行動ではない。見渡すとベッドサイドのテーブルに服が置いてあった。すぐに身に着けようと手に取ったそれは、神殿で着ていたようなシンプルなワンピースだった。

ベッドから降りてワンピースに着替えたとき、両足首に違和感があった。

「え」

足には重罪人を拘束する魔法の輪がつけられている。これがあると魔法が使えなくなり、移動範囲が限定されるのだ。もしもドアに鍵がかかっていなかったとしても、ナナはこの部屋から出られない。ここで人質になるということは、幸造が脅されているかもしれない。ナナは頭を抱えたくなった。そうなることだけは避けたかったのに。

外の状況がまったく分からないまま、その日から部屋に監禁されることになった。

「仕方ありませんね」

深いため息をついてツガーレフがナナの目の前にあるスープに匙《さじ》を戻した。ナナは、この部屋に来てから食べることをやめてしまった。

「そんなにしてまで、あの男を慕うのですか？」

ツガーレフがあきれた様子でナナに言う。ナナが自分で死ぬにはこの方法しかない。幸造に迷惑をかけるくらいなら、この世からいなくなったほうがいい。

あれからツガーレフはナナの契約を何度かいじったが、彼の思い通りにはならなかったようで、ずっとイライラしていた。ツガーレフの態度は明らかにおかしい。突然ナナに優しくしたかと思えば、意地悪なことをする。いつも余裕があって冷静だった、ツガーレフの感情の起伏が激しくなっていた。

「賢者様が外でどうしているか知りたくないですか？」

その言葉に反応する。顔を上げると深い緑の瞳がナナを捉えた。

「お前を取り戻そうと必死ですよ。回るはずだった最後の一か所のお見合いを引き受けて、国王に掛け合っています」

「幸造が……」

幸造の名前を聞いてナナの頬が熱くなるのをツガーレフが冷めた目で見つめる。

「手紙を書いてあげましょうか？」

そんな言葉にナナはすがってしまう。

「……本当ですか？」

「そうですね。お前が私の言うことを聞くなら」

「……」

「まずは食事をしなさい。そうして、いい子にしていたら考えてあげますよ」

「いい子にします」

ナナはスープに手を付けた。ツガーレフは口を開けてスープを飲み込む姿をジッと見つめていた。やがて皿が空になると満足そうに片づけてからナナの前に立った。

「そう言えば、あの白猫の獣人は足を舐めるのがお上手でしたね。お前も舐めてみますか？」

おもしろそうに言われて、返事をする代わりにツガーレフの足元に膝をつき、靴を脱がそうと手を伸ばした。

「そうじゃない。先に舌を出しなさい」

顎を持ち上げられて顔を上げるとツガーレフが欲の籠った眼で見下げていた。それに気づいたナナは怖くてカタカタと震える。けれども、これを我慢すれば幸造に手紙を出せるかもしれない。ゆっくりと口を開けてツガーレフに向かって舌を出した。

「んぐ」

ツガーレフが舌を出したナナの口に指を入れる。もっと出せと言うように舌を指で挟んで親指で舌先をこする。クチャクチャと音がしてナナの唾液がツガーレフの指を濡《ぬ》らした。ツガーレフはナナの舌の感触を楽しんでから、差し入れていた指をゆっくりと引いた。指に唾液が糸を引いている。ツガーレフの顔は完全に欲情した男のものだった。

「賢者様はお前に男を喜ばせる方法を教えてくれましたか？」

ゴクリ、とナナの喉が鳴る。てっきり足を舐めさせられるのかと思っていたのに最悪だ。はっきりとツガーレフの男の部分が反応しているのがわかる。

「私の精を出すことが出来たら、書いてあげます」

絶望的な顔をするナナにツガーレフは笑いかけた。今まで体を触ってても何もしてこなかったツガーレフが、性的な要求をするとは思ってもみなかった。

「聖職者は性欲がないとでも思っていましたか？　妻《めと》を娶る者だっているのです。むしろ、色好きな人も多いですよ」

ツガーレフが前をゆるめて、立ち上がった肉棒を外に出した。手馴《てな》れた仕草だった。ナナは覚悟を決めるしかなかった。

「さあ、どうします？　やめてもいいのですよ？」

挑発的に言われ、ナナはギュッと目を瞑って舌を出した。肩がフルフルと震えていた。

チロリ、チロリとナナの赤い舌がツガーレフの肉棒を舐め上げる。ツガーレフはその様子がよく見えるようにナナの髪を肩に流した。ピクリとそれに反応したが、動きを止めることはなかった。ナナが懸命に口で奉仕する姿を見てツガーレフの肉棒はますます育って血管を浮かせて反り返っていた。

「手伝ってあげますよ」

ツガーレフはそう言って、ナナの口の中に大きな肉棒を押し込んだ。顎が大きく広げられ、喉を圧迫されて涙をこぼす。さすがに息が出来ないと体を離そうとしたがツガーレフはナナの頭を両手で摑んだ。

「ぐ、う」

涙と涎《よだれ》がこぼれる。そんなナナにお構いなく、ツガーレフはナナの頭を押さえて腰を振った。グポグポとナナの口から性器が出し入れされて音がしている。苦しいのにツガーレフは離す素振りもなく、激しくナナの頭を揺さぶると喉奥に精をぶちまけた。

「かはっ、かはっ、ぐえぇ」

あまりの衝撃にナナが突き飛ばすようにツガーレフから離れると、受け止めきれなかった精液が顔に飛んだ。口から白濁をこぼしながら喉の苦しさに体を折り曲げて精液を吐き出すように咳《せき》をした。

「……こぼしてしまいましたが、まあ、いいでしょう」

ツガーレフの満足そうな声が聞こえた。ナナは床に吐いた白濁を見て死にたくなる。

——それでもナナが想うのは幸造のことだけだった。

＊　　＊　　＊

カカリが苦手な賢者様へ
私は元気にしています。
賢者様のところへはもう帰りません。
お元気で。

ナナ

ツガーレフは約束を守って、紙とペンを持ってきた。ナナは色々と考えて、そう手紙に書いてもらうことにした。ツガーレフはナナが文字を書けるとは思っていない。

「カカリが苦手、というのは？　暗号ではないようですが」

「そう書いてもらわないと、私ではないと思われそうなので」

「……まあいいでしょう」

虚ろなナナに対してツガーレフは機嫌よく筆を走らせ、手紙を届けさせた。

その後ナナはまた食べるのをやめた。手紙が届けば、後はいなくなればいいのだ。

「水も飲まないつもりですか？」

ツガーレフは無理やりナナの唇に水差しを押し込んだが、ナナは頑なに飲むことを拒否してシーツを濡らした。ナナはベッドの上で横たわっているだけだった。こんなにツガーレフが心配してくるのは予想外だったが、元気になったところで、好き勝手されるだけならお断りだ。死を覚悟していることを悟って、焦ってきたのかツガーレフは様々なプレゼントを贈ってきた。綺麗なドレスだったり、美味しそうな食べ物だったり、オルゴールだったり……やがてそんなもので部屋が埋め尽くされてきた時に、ツガーレフは諦めたように幸造の話をしだした。『賢者』と聞けばナナが反応することを知っていたのだ。

「賢者様はポーラ姫と結婚することになりそうですよ」

そう聞いてナナは幸造がポーラ姫を避けていたのを思い出して心配になった。ナナを救い出そうとして、ポーラ姫と結婚することにしたのかもしれない。手紙を読んで、諦めてはくれなかったのだろうか。しかし、幸造が言っていたように、どうしてツガーレフたちはそこまで『結婚』にこだわるのだろうか。

「結婚することに意味があるのですか？」

「精霊の加護が欲しいですからね。このままではメルカレーナは土地が枯れて終わるでしょう」

「だから賢者様をこの地に留めておけるように結婚させるのですか？」

「留めておくだけならお前でもいいのです……賢者様の話なら声を出すのですね」

「……」

「忘れなさい。あの男のことは。私がお前を慰めてあげるから」

「んんっ」

ツガーレフが無理やりナナの唇を奪った。ぬるりと舌が入ってきたかと思うとどろりと甘い何かを飲まされてしまった。

「ここで一生暮らせばいい。何なら私の子を産んで育ててもいい。ああ。お前は『賢者様』でないと発情しないのでしたね」

その時、ふわりとナナが求めてやまない匂いがした。

「幸造……？」

「カローラ嬢のところに置いていた荷物を受け取ったのですよ。大事そうにいつも抱えていましたね。可哀想に、こんなものの匂いでも、賢者様のものなら反応してしまうのですか？」

ツガーレフが革袋から取り出したのはナナが幸造に買ってもらった空色の小さなポシェットだった。切望した匂いにナナの体はびくりと反応した。

「あ……。ああ」

ナナの体がずっと待ち望んでいた匂いを取り込もうとする。頭では違うと分かっているのにどんどんと体温が上がってくるのが分かった。

「おや。軽く発情期が来たようですね」

嬉しそうなツガーレフの声が聞こえた。体がぐずぐずになる。ツガーレフはそのままナナの手首を拘束し、幸造の匂いが付いたタオルを出して口の中に詰めてきた。口から鼻へと幸造の匂いが突き抜けた。

「ううう」

そんなことで簡単にナナは達してしまった。呻《うめ》きながら体をくねらせるナナを見てツガーレフは楽しそうに体に触れた。

「ははは。匂いだけでこんなに。苦労して手にいれた甲斐《かい》があります」

ツガーレフが服をはだけさせて乳房に触れる。発情して尖《とが》ったピンクの乳首に指がかすめるだけでナナの体は面白いくらいに跳ねた。それに気を良くしたツガーレフが執拗《しつよう》に乳首を刺激する。口に含み、舌で転がし、指で虐めた。

「忘れなさい。ナナ」

「ん、ん、んん～～!!」

ずいぶん時間をかけて愛撫《あいぶ》された乳首をかり、と軽く嚙《か》まれると腰を浮かして達してしまった。ナナはポロポロと泣いた。幸造以外の男に触られるなんて死んでも嫌だと思うのに体は簡単に快感を拾ってしまう。

「また達したのですか？　淫乱な体だ」

ツガーレフに言われて悲しくなる。こんな卑劣な男に触られて、悶《もだ》えている自分が信じられなかった。ツガーレフはナナをうつぶせにしてスカートをまくり上げた。弱っていたナナは魔法も使えずされるがままだった。

ショーツを脱がされてグッと尻尾を持ち上げられるとナナの秘所はツガーレフの手で広げられた。膣《なか》を確認するように指が挿入される。愛液を搔《か》き出すようにクチャクチャとかき回されて無意識に腰が揺れていた。

「気持ちいいのでしょう？　素直になれば楽になりますよ」

ツガーレフに言われて首を横に振る。けれども体は貪欲に快楽を求めていた。

「んー、んんー」

ツガーレフが指で敏感な芽をくるくると刺激しながら、舌を膣《なか》に差し入れてくる。幸造とは違ってざらざらした舌が入り口のひだを丁寧に舐め上げながら、ナナの膣《なか》を犯した。

「あうぅっ」

嫌なのに、ツガーレフが舌を差し入れたまま乳首を捻り上げると簡単に達してしまった。連続で攻め立てられたナナは、脱力してハアハア、と荒い息を肩でしていた。

「おや。……そういえば食事もまともにとっていませんでしたからね」

ぐったりと動かなくなったナナの口からタオルを外して、ツガーレフは丁寧にポシェットにそれを戻した。挿入まで至らなかったがナナの様子に満足したようだった。

これでは種付けされる日は近いだろう。どうしてナナと子どもを作るなんて言いだしたのかは、さっぱりわからなかったが、そうなる前に消えてしまいたかった。

＊　　＊　　＊

カローラのお気に入りの白猫を従順にしてやったので、ツガーレフがナナを連れて屋敷を去っても、エポタロッテからは何も言ってこなかった。だが、あの後、白猫は屋敷から逃げ、賢者もカローラとの縁談は断ってしまったそうで、カローラの機嫌がひどく悪くなった。そのため、ナナの私物を渡して欲しいと交渉するのに骨を折ることになった。

――しかし、あんなに乱れるとは。

番の匂いには抗えないらしい。他人で発情することに不満がないとは言わないが、ナナが発情する方法を見つけてツガーレフは浮足立っていた。

ツガーレフはナナの『番』になってもいいと思っていた。あの憐《あわ》れな獣人に家族を与えてやってもいいと思っているのだ。自分の子を産ませて、ここでずっと囲えばいい。この頃は神殿で仕事を済ますと、真っ直ぐナナのいる屋敷に帰ってきている。周りの者もツガーレフの行動がおかしいと気づき始めていた。ここでナナを監禁していることは入念に隠していたが、足しげく通うので愛人が出来たと思われているようだ。

『愛人』……違う、そんなものでは決してない。アレはただの所有物だ。

ツガーレフは生まれてからずっと皆にもてはやされていた。神と同じ色彩の水色の髪と深い緑色の瞳。魔力量の多さに加えて頭脳も申し分なかった。先祖返り、神と呼ばれたユークラスト王の再来と呼ばれ、誰にも否定されず育ち、人はツガーレフを讃《たた》え、時に妬んだ。

もともと、ポーラ姫の婚約者に名が挙がっていたのはツガーレフだった。姫だってそれを喜んでいた。しかし成人しても精霊は見えるのに精霊の加護は受けられなかった。「薄い血統では精霊の加護を受けることが出来なかった」と王はひどく落胆した。

国の金を湯水のごとく私欲のために使い果たし、気づいたときには国内は荒れ放題の状態。神の血統でもない王は精霊すら見えないくせに、無能の王に落胆される義理などない。

神の血統とは『龍の血を引くもの』のことだ。精霊は龍人に加護を与え、ひたすら愛《め》でる。大地を潤し富みを約束される『龍人』。この国で龍人は神。そして最後の龍人で、王であったユークラストは異世界召喚した娘を娶った。世界を越えてくるものは例にもれず言葉を自在に操れた。ゆえに落ち人である彼らは『賢者』と呼ばれる。ユークラスト王の妃も賢者だった。


異世界召喚の研究を引き継いでいたツガーレフが、自分の血で賢者を召喚したのは、ちょっとした気まぐれだった。ユークラスト王の妃は異世界へ戻ったと文献にあったが、もしも子供を産んでいれば面白いと思っただけだ。

意外にも召喚は上手くいき、落ちてきた龍人の末裔《まつえい》に王は浮足立った。幸造は隠しているつもりだったが精霊が見えているのは分かっていたし、何より精霊にうるさいほどに愛されているのが見て取れた。彼がこの国にいれば精霊の加護で大地は蘇《よみがえ》る。そして、彼と結婚という契約が出来れば精霊はその妻を生涯守り、死んでいなくなった時には悲しみの涙をこぼして、それが価値のある精霊石になる。ユークラスト王が崩御したときは、その亡骸の上にパラパトの木が生えたほどだ。それを知っている王と側近たちは、何としてでも賢者と国を担う者の娘を結婚させようと躍起になった。

他力本願過ぎて笑える。

ツガーレフはおかしくて堪らなかった。過去、龍人の数が減ったのはこのような愚かな人間がたくさんいたからだ。結婚して、その地に契約さえ残れば、龍人が死んだとき、この先、国がどんなに散財しても減らないほどの精霊石が手に入る。

きっと国王は結婚させてから賢者を殺すだろうな、とツガーレフは予想していた。精霊に愛されていたら自分もこんな未来だったのかと思うと、心底、精霊に愛されていなくてよかったと、賢者を気の毒にすら思った。

可哀想な龍人の末裔の耳に、精霊の声を聞こえにくくするように、魔法をかけた精霊石を入れたのも、そんな憐《あわれ》みからだ。何も知らずに王が用意する女と結婚すればいい。それが一番の幸せだろうと。

どのみち、賢者は死ぬ運命だ。

だからナナを囲ってやるのはとても親切なことだ。

ちっぽけな獣人の子を珍しいからと譲り受けて育てたのは、ツガーレフの胸に鱗《うろこ》がはっきりと出現しだした頃だ。龍人と獣人とは天地ほどに差があるというのに、それを見た人間はツガーレフを軽蔑した目で見たり、恐れたりした。ツガーレフは次第に人と深く付き合うことを避けるようになっていた。

菓子を与えたり、絵本を読んでやると、すぐに懐いてこようとするナナを、ツガーレフは気分次第でいたぶった。優しくしてやったつもりもないので、懐かなくても仕方ない。ただ気晴らしに見た目が美しい、小さな獣を飼っていただけだ。

しかし、ツガーレフの手を離れた途端、ナナは番を得た。それを知ってから、ツガーレフの心は急に不安定になった。だから、ろくに実験もせず、軽い気持ちで『運命の番』なんてものを干渉する契約を書き加えてしまったのだ。ツガーレフの方がナナを番だと認識してしまったのは、愚かな失敗だった。

慌てて魔法陣に書き加えた契約を消した。

なのに。ツガーレフはナナを見ると苦しくて仕方がない。

契約はもう元に戻っているはずだ。だが、そうするとツガーレフはちっぽけな獣人を愛していることになる。ナナの愛が欲しくて、ナナの愛を得る賢者が憎い。

そんなこと、ありえない。

そんなことはありえないのだ。

五章　賢者様はお嫁様を奪還する

ベッドの上でナナは横向きになって体を縮めていた。あんな目にあって疲れてしまっていた。番《つがい》になるときに、幸造は「番になったらお互いだけだからね」と言ってくれた。傍にいられなくても、それだけは守りたいと思う。ツガーレフと一線を越える時がきたら、この世からいなくなろうと思った。

あれからことさら警戒したが、ツガーレフは何もしてこなかった。今は食事をしろとしか言われないので、体調がよくなったらナナに種付けするつもりなのかもしれない。

——留めておくだけならお前でもいいのです。

あの時のツガーレフの言葉が気になる。幸造は結婚は契約だと言った。『契約』とはナナが思っているよりこの世界を支配しているのではないか。それなら、幸造が気を付けていたように結婚という契約は安々と結ぶべきではない。

ツガーレフがナナに対しておかしくなったのは、ナナの心臓の契約に何か干渉を加えたからだと思う。エポタロッテからこの屋敷に来てから、焦った様子でツガーレフは何度もナナの心臓の魔法陣を確かめていた。しかしツガーレフの思い通りにはならないようで、必死になっていろいろな書物を調べているようだ。この部屋の隣には書庫があるようで、本をめくる音が頻繁にしていた。

ツガーレフが魔法陣の契約をどうにかしたいと読み漁るようなものなら、きっと幸造が元の世界に帰る方法が載る書物もそこにあるに違いない。幸造にどうにかして知らせたい。そして『結婚』という契約には気を付けるようにと教えたい。もう一度何とかしてツガーレフに手紙を書いてもらわなければならない。

ナナは少しずつ食事を取った。次にツガーレフがここを訪れたら、ナナはきっとツガーレフとつがうことになるだろう。それ以外にナナはツガーレフと交渉できるものを持っていない。体を差し出して、連絡を取ろうとするナナを幸造は怒るだろうか。怒ってくれるだろうか。想像しようとしても、ナナは幸造の笑っている顔しか思い出せなかった。

その夜はなかなか寝付けなかった。そろそろツガーレフが来る頃だと思うと怖かったのかもしれない。木が揺れる音がしてナナは耳を動かした。風の音がしていないのに木が揺れている。誰かが、ここに入ってきた？　窓を覗《のぞ》きたいけれど足枷《あしかせ》があるのでベッドの周りしか動けない。ナナはじっと物音に耳を向けた。

複数の足音が聞こえる中、聞き覚えのある足音に気づいた。まさか、と思う。けれど、ナナはその足音を知っている。

がちゃり、と簡単にドアが開く。部屋は真っ暗だったけれど、ナナは迷いなく立ち上がった。

「幸造」

震えながら声を上げると、ナナはギュッと強く抱きしめられた。

「ナナ。待たせてごめんね。ここから逃げるよ」

ナナは幸造の匂いを体いっぱいに吸い込んだ。大好きな、大好きな幸造の匂い。

「待って、幸造。足首に拘束の枷がついているんです」

「わかった。精霊、ここだけ照らして、魔力をかして。足枷を外すから」

足元が明るくなり、出てきた魔法陣に幸造が何かを書き加えると、足首の枷が外れた。

「ナナ、細くなってる……」

ナナの足首をさすりながら幸造がつぶやくと他の侵入者の声が聞こえた。

「幸造、早くしないとツガーレフに気づかれる！」

「え、ウーノ？」

「ナナ、説明は後でね。抱えるからつかまってて。くそ、こんなに軽くなっちゃって」

「幸造、ちょっと待ってください。隣の部屋に、ツガーレフ様の集めた資料があるはずです。幸造が日本に帰るのに必要な情報があるかも知れません」

「そんなの……！」

「幸造」

「わかったよ。ウーノ、少しだけ時間ちょうだい」

ナナが教えた部屋を蹴り破って幸造はさっと資料を見渡した。

「持てるだけ持ち出すか」

ナナの予想通り、そこには王族と神殿が極秘にしている資料が置いてあったようだ。

「俺が持とう」

三人目の声がしてナナはそちらに顔を向けた。月明かりでそれが獣人で、大きな男だと分かった。その男は幸造が指さした資料を軽々と担いだ。

「さあ、行こう」

幸造に抱き着いたナナが意識を保っていたのはここまでだった。

＊　　＊　　＊

「おっと」

意識を失くしたナナを抱え直した幸造に、資料を抱えた男が手を貸そうとするが笑って制した。やっとツガーレフから取り返したナナを離したくなかった。

「エルバンはそれ以上持てないだろう？　大切な番を落としはしないさ」

ツガーレフの屋敷からナナを救出するには大変な苦労があった。まず、幸造の周りは嘘《うそ》つきの敵ばかりだった。国王も領主もその使いも。ナナを返せというと皆、あれはツガーレフのもので、と、もごもご言う。埒《らち》が明かないので、まず味方を見つけることにした。

手始めはウーノだ。カローラの契約から彼を解放して協力者を探した。なりふり構わずに、精霊の力も借りてナナの居所を探る。

ツガーレフのところだとは思っていたが、ナナの手紙が届くまでは神殿に隠されているものだと思っていた。そのうちウーノが屈強な獣人を連れてきた。エルバンはユキヒョウの獣人だ。彼は恐ろしく利く鼻でナナの手紙一枚でツガーレフの隠していた屋敷を見つけた。

それからツガーレフの気を逸らすために残っていた見合いを我慢して受け、国王にそれとなく、ツガーレフが美しい獣人に惑わされて頭の中に春が来ていると告げる。本当のことだから噂《うわさ》が広まるのは早かった。神殿での評判も落ちていたツガーレフに国王が苦言を呈するのは時間の問題だった。そして、今日、国王の呼び出しがかかるのを待って、ナナを連れ出すことに成功したのだ。

幸造はエルバンに良く顔が見えるようにナナの体を抱き直した。エルバンはナナの顔に彼の番の顔を重ねて見ているようだ。屈強な男がウルウルと目を潤ませていた。幸造も似たようなものだ。

痩せたナナを抱いた幸造は自分の不甲斐《ふがい》なさに泣きたくなる。きっとナナは死のうとしたに違いない。あの短い手紙はナナが伝えられる精一杯だったのだ。あれが届いたとき、幸造は絶望で心臓が止まるかと思った。間に合ってよかった。諦めなくてよかった。ナナを失わずに済んだ。もっと強くなってナナを守りたい。幸造はツンと痛んだ鼻をすすった。

屋敷からは運河を使って脱出する。船は海に滑り出した。エルバンの魔法は強力で、風の力を使ってものすごい速度で進んだ。夜明けまでには大陸につくだろう。

「コウゾ……」

風が当たらないようにフードをかぶせて抱き込んだら、ナナが幸造を小さく呼んだ。幸造はこの腕の中にナナが戻ってきたことに、ただ感謝した。ナナが奪われたものをすべて返してやりたい。今度は安心して指輪を贈り直して。おいしいものを食べさせて……。

朝日が幸造の顔を照らす。

愛しい番を胸に抱きながら誓う。ナナを害するものはすべて消し去ることを。もう、容赦はしない。ツガーレフにも出し抜かれたりしない、と。

幸造にはすべてを捨ててもナナを守る覚悟があった。それは、ツガーレフには持てない覚悟だった。

*　*　*

ナナは目を開けるのが怖かった。

幸造の匂いがすぐ鼻先でしているのに、夢だったら落胆では済まない。ナナがそんな葛藤をして瞼《まぶた》をプルプルさせていると、それを見て堪えきれなくなった幸造が笑ったのが聞こえた。

「ナナ、起きてるんでしょう?」

「幸造?」

「うん」

「本当に幸造?」

「本物の幸造だよ」

鼻先にキスされた感触があって、慌ててナナは目を開けた。目の前には鼻がくっつきそうなくらい近づいた幸造の顔があった。思わず両手で顔を確認すると幸造はナナの好きなように顔を触らせてから、お終いと言った感じでキスをしてくれた。

「ここは?」

起き上がると後ろから幸造が抱っこしてくれる。ぴったりとくっついて、やっとナナは安心して体の力を抜いた。見渡すと木目が目立つ壁に囲まれた温かい部屋だった。開放的な窓。椅子の上の手編みのマットにクッション。白くて何もなかったツガーレフの屋敷とは全く違う作りだった。

「獣人の国だよ。イラリアっていうんだ。まず、ご飯食べて、ナナが落ち着いたら、ご両親に会おう」

「両親?」

「うん。ナナは獣人の国から攫《さら》われて、メルカレーナ国に連れていかれていたんだ。ご両親はね、ずっとナナのことを探していた」

「……私の両親。え、と。幸造は……」

「大丈夫。俺がちゃんと傍にいるから」

幸造に促されて不格好な丸いテーブルに移動すると、おいしそうな匂いがする。そこにはすでに用意されたホカホカのパンにスープ、果物が二人分、所狭しとのせられていた。

「さて、ナナは何から食べる？　スープにパンに果物がある」

それを見ると、ぐう、とナナのお腹が鳴った。幸造がスプーンを渡してくれて、大きなパンをちぎって分けてくれた。

「太らないと」と幸造がナナにせっせとパンを押し付けてくるのを「もう、入らないから」と笑ってかわす。そんなことを言ってくる幸造こそ、ずいぶん痩せている。あのツガーレフのところからナナを逃がすのは相当大変だったに違いない。幸造と笑いながら食事をして、生きていてよかったと心の底から思った。お腹一杯になって二人でお腹をさすっていたら、遠慮がちにドアを叩《たた》く音がして、幸造がドアを開けに行った。

きっと『両親』だ。ナナは緊張した。

この家も食事も両親が幸造と一緒に用意してくれたらしい。ナナは両親という存在に会うのに困惑した。正直どう接していいのか分からなかった。ただ、がっかりされたらどうしようと思った。

オロオロしたナナは複数の足音と一緒に戻ってきた幸造の背中に急いで飛びついた。シャツをぎゅっと摑《つか》んでいると必死な様子を見て幸造が手を握ってくれた。

「ナナ。ナナのご両親だよ。お父さんのエルバン。お母さんのロミだ」

幸造の体越しにそろそろと前を覗くと、そこには自分とよく似た毛並みのユキヒョウの夫婦が立っていた。父のエルバンはナナを救出するのに来てくれていた大きな獣人だった。

幸造がナナの背中を優しく押して前に出るように誘導した。

「リリアナ！」

ふわりと優しい匂いがした。両親の記憶はまったく残っていなかったけれど、どこか懐かしくて安心できる匂いだ。ロミは震える両手でやさしく頬を挟んで顔を確認するとすぐにナナを抱きしめてワンワン泣いた。そのワンワン泣いているロミを今度は大きなエルバンが二人ごと抱えて、さらにワンワンと泣いた。二人にぎゅうぎゅう抱きしめられて、よくわからなくなったけれど、なんだかナナも感動してワンワン泣いた。気づいたら幸造もつられて泣いていた。それから、皆で顔を合わせて笑った。


ナナは十五年前にイラリア国の両親の元から誘拐されたと聞かされた。獣人を欲しがる人間は結構いて、闇で高値で取引されるらしい。両親はずっとナナのことを探していたという。ナナの本名は『リリアナ』というらしいが、ナナは幸造が呼んでくれる『ナナ』というひびきが好きなので、幸造には今までどおりナナと呼んでほしいと頼んだ。

ウーノは幸造にカローラとの契約を解除してもらい、正気に戻してもらえたそうだ。それから、逃げる手引きをしてくれた幸造と仲良くなって、自分が住んでいた獣人の国に、ずっと娘を探しているユキヒョウの知り合いがいると教えた。もしかしたら、と思った幸造はウーノに頼んでエルバンに会い、ナナの両親だと確信したらしい。ナナは急に家族が出来て少し戸惑っている。

色々と話をしながら昼食と夕食も一緒にとって、また明日来ます、とエルバンとロミは帰っていった。

「ナナ、結婚しよう」

身ぎれいにしてベッドに入ると幸造がナナにそう言った。それを聞いてあっ、と思い出した。

「ダメです」

「え？」

まさか断られると思っていなかったようで幸造は目を丸くした。

「幸造、結婚は契約ですから慎重に考えるべきです。王が幸造を結婚させたかったのには何か理由があるはずです」

「ああ。『精霊の愛し子』の俺と結婚すると、その妻にも精霊の加護が得られるからね。だからメルカレーナ国の主だった土地の娘の誰かと結婚させたかったんだ。それに精霊の愛し子が死ぬと精霊が悲しむのでその涙が宝石になって莫大《ばくだい》な富を得る。で、亡骸が眠る地は豊かになるんだ」

「それは……つまり……」

「俺に結婚という契約をさせてから死んで欲しいってこと。まあ、ただ単に殺して埋めただけじゃ加護が得られないだけ、ましだったかも。すぐには殺されなかったから。ポーラ姫と結婚していたらすぐに殺されていたと思うよ」

「ひどいです」

「俺、大好きなナナと結婚して獣人の国に住みたいんだ。ついでにメルカレーナ国なんてなくなればいいと思う。人から搾取することだけ考えて、獣人を差別している国なんて、ろくでもない。それに……ナナは結婚したら用済みだって俺を捨てたりしないでしょ？」

「当たり前です！　私は幸造と一緒にいられるなら、精霊石なんて要りません」

「ふふ。でた、ナナの〝一緒〟。一緒がいいよね」

「……一緒がいいです」

「じゃあ、一緒にいるために結婚してくれる？」

「一緒にいるためなら結婚します」

言いくるめられた気もしたが、幸造と一緒ならそれでいいと思った。幸造は以前作った指輪を出してきて、これは幸造のいた世界では夫婦の証なのだと言ってナナの左指にはめ、幸造の左手の指にもナナにはめさせた。幸造は明日結婚の儀式を済ますつもりだったみたいだが、ナナはせめてツガーレフの屋敷から持ち帰った資料に目を通してからだと譲らなかった。日本に一緒に連れ帰ってくれるのではなかったのか、と幸造に詰め寄ったのだ。幸造はナナと一緒なら、もうどこでもいいと笑った。

キッチンに立つ幸造がフライパンに油をひくとパッとコンロに火が付いた。「火力が足りない」と幸造がつぶやくと、ちょうどいい火加減になる。そこに卵を二つ割る。じゅわあぁ、という音とともにいい匂いがしてきた。

「幸造は料理もできるんですね」

「簡単なものだけだよ。目玉焼きくらいは誰でも出来るし」

ナナが火をつけるなら魔法を使うが、幸造は魔力がないので精霊に力を借りている。「頼むと喜んで手伝ってくれるけど、伝え方が難しい」と幸造がぼやいていた。初めて頼んだ時は火が強すぎて睫毛《まつげ》が焦げたらしい。

「パンはナナが焼いてくれる？」

「はい」

幸造からバゲットを受け取ると、それを適当に風の魔法で四等分して次に火の魔法できつね色に表面をあぶった。

「魔法ってすごいな」

今度は幸造がナナに感心している。ツガーレフのところで食欲がわかなかったのが、嘘《うそ》みたいにお腹がすく。ナナにとっての幸造は特効薬で、向かい合わせに座って食べるのが一番おいしいご飯なのだ。

「おはよう、リリアナ！」

　朝食を済ましてから、エルバンに預けているツガーレフの屋敷から持ち出した資料を取りに行こう、と話していると訪問者が現れた。ニコニコしながら立っていたのはロミで後ろには大きな荷物を抱えたエルバンがいた。

「おはようございます……」

　まだ緊張していたがロミはお構いなしにナナをハグした。恐る恐ると言った感じでその背中に手を回す。まずは形から入ってみる。ロミの後ろでエルバンも羨ましそうに手をワキワキ動かしていたが、言い出せなかったらしく、しばらくしてから肩を落としていた。

「どうぞ、入って。何？　その大荷物。あ、昨日の本、持ってきてくれたの？」

　幸造が二人を家に呼び込むとエルバンは荷物をソファの上に下ろした。

「本？　何のことだ。ああ、あれは忘れてきた。後で取ってきてやる」

「じゃあ、なにが入っているの、それ」

「あのね、リリアナにお洋服持ってきたの。ほら、その……ね？」

　あ、という顔をして気まずそうに幸造が頭をかいた。ナナは昨日からずっと同じ服を着ている。それはツガーレフの屋敷で監禁されていたままの服装だった。

「エルバン、幸造と庭でお茶でもしてなさいよ。ほら、その本とやらを持ってきて、見ていたらいいでしょ？」

ロミが仕切りだして幸造とエルバンが家から追い出される。女はパワフルだとエルバンが笑っていた。

「ナナ、大丈夫？」

声をかけられ、一瞬だけ幸造と離れることに不安を感じたがロミの笑顔をみて大丈夫だと拳を上げた。ふふ、と笑って幸造はエルバンについて庭へと出て行った。

「幸造はとってもいい人ね」

男二人の背中が見えなくなったところでロミが言った。

「エルバンが初めて幸造に会った時、リリアナの番が人間だと聞いて激高したのよ。リリアナは人間に連れ去られていたし、そうした子は獣人の意志とは関係なく契約されて、人間に従わされている子が多いからね。でも、幸造は頭ごなしにエルバンに殴られても、ナナを助けるために力を貸してくれって、一切抵抗しないで地面に頭をこすりつけて頼んだの。ウーノが止めなかったらどうなっていたか」

「幸造が？」

「なんでもするって。ナナを助ける為なら何でもするって言ったわ。——命を懸けていいって。獣人同士の番だってあそこまでしないわよ。愛されてるのね、リリアナ。正直、いくら『運命の番』でも人間とだなんて幸せになれないと思っていたけど、幸造は他の人間とは違うようだから」

「……うん」

ナナはロミに幸造のいいところをたくさん言い募りたかったが、胸が詰まってそれしか言えなかった。そんなナナを見てロミは嬉しそうに言った。

「さ、服を選びましょう。いっぱいあるのよ！」

ロミが大きな袋を広げると色とりどりの服が舞った。少し小さい服もある。

「リリアナが見つかったら着せてあげようって、そろえていたの。私の若いころのお気に入りもあるわよ」

きっと、あまりに小さい服は置いてきたのだろう。けれども微妙なサイズ違いの服は毎年揃えていたのではないかと思えるものだった。ロミとエルバンはナナをずっと探していて、いつでも帰ってきていいようにと服を用意していたのだ。

「これがいい？　ちょっと大きいわね。リリアナはもっと太らないと」

ロミが幸造と同じように言うので思わず笑うと、ロミが黙り込んでしまった。不思議に思っているとギュッと抱き込まれた。

ロミが震えている。

両親はずっとナナを探してくれていた。その間、ナナはメルカレーナ国で獣人は罪人だと教えられて蔑まれていた。鞭《むち》は打たれるし、素足も痛かった。でも、ナナは幸造という運命の番に会えた。どんなつらいこともこの幸運を手にするためなら相応の対価のように思える。

ナナはそっと手をロミの背中に回した。ポン、ポン、ポン。ナナが不安になるといつも幸造がしてくれたように背中をたたく。

「……お母さんと呼んでいいですか？」

ナナを離そうとしないロミに苦笑して、それでもそれが嬉しくて、そう告げた。その言葉に何度も何度も頷《うなず》いたロミは昨日も泣いたのにまたワンワンと泣き出してしまった。

＊　＊　＊

「エルバンもナナと一緒にいたかったんじゃないの？」

エルバンが持ってきてくれた本や資料を読みながら、幸造は隣でお茶も飲まずにずっとソワソワしているエルバンに声をかけた。ただでさえ庭に出ると精霊たちが周りを飛んでうるさいので、正直集中して読めない。

「ロミが服を着替えさせるっていうから仕方ないだろう。おしゃれを楽しんだらここに来るだろうし、それまで待っている」

落ち着かないエルバンに仕方ないか、と幸造は苦笑した。ほんのすぐ近くで服を選んでいるだけなのに、幸造だって内心ナナがまたいなくならないか心配している。

十五年。

エルバンはいろんな国にナナを探しに行っていた。そしてウーノの情報で、よりにもよって一番獣人を人として扱わない、メルカレーナ国にナナがいると知った。しかも人間が番になっていたのだ。エルバンが激高したのも無理はない。娘がひどい目に遭って生きてきたとすぐに分かる状況だ。

味方となってくれた今では心強いが、初めて会った時、いきなり殴りかかってきたエルバンを、ウーノが止めてくれなかったら幸造は死んでいたかもしれない。その時の影響でエルバンは精霊に今でも警戒されている。

ナナが攫われた日、エルバンは家族でイラリアの首都から避暑に地方に出かけていた。小さかったナナが駄々をこねて、お祭りに行きたいというので連れて行ったそうだ。しっかり手をつないでいたはずだったのに、いつの間にか人ごみに流されていなくなってしまったナナ。

祭りが終わっても見つからないナナをロミとエルバンは夜が明けるまで探し回った。それから毎日、探しているうちに獣人を攫う人間がいると聞きこんで、そちらの線も考えるようになった。きっと初めから狙われていたのだろう。ユキヒョウは、とても価値のあるものだったのだから。

娘が戻るのをずっと、ロミとエルバンは諦めずに探し続けた。愛する我が子を抱きしめる日を待ち望んで。そんなナナが帰ってきた今、エルバンがソワソワするのも無理はなかった。

ウロウロするエルバンを気にしながら幸造はツガーレフの屋敷から持ち出した資料を読

み進める。メルカレーナの極秘資料みたいだ。

そこには異世界から『賢者』を呼ぶ方法が書いてあった。メルカレーナの国王は『神託があって、その日時に幸造が異世界から落ちてきた』と説明していたが、全部嘘っぱちだ。幸造は確かな意図があってこっちに召喚されたのだ。やっぱりあいつらはろくでもなかったとため息がでた。この世界にやってくる人間はどういうわけか、どんな言語も理解するようで、そのために賢者と呼ばれる。まさに、今の幸造と同じ状態だ。なんの苦労もなく理解し、覚えられる。こんなチート能力があれば日本最高峰の大学にだって難なく入れただろう。

しかし精霊は幸造のことを『愛し子』と呼んだ。幸造のように異世界から落ちてくる人は『賢者』。過去の賢者の文献にも『精霊が見える』や『精霊の愛し子』なんて一つも出てなかった。やはり、それが引っかかる。

「もうそろそろ出てきてもいいのではないか⁉　迎えに行ってくる！」

その声で我に返った幸造は、待ちきれなくなったエルバンが家に向かっていくのを見送りながら本に目を落とした。これを解読すれば日本には帰れるかもしれない。けれど、あの二人からナナを引き離すつもりはない。ナナを救出する際、エルバンにナナの番でいるために獣人の国で暮らすことを約束した。両親の墓に花を手向けられないのは申し訳ないが、幸造が愛する嫁を見つけたことを喜んでくれるだろう。

「エルバン、もう、ちょっと、待ってよ」

ロミがせっかちなエルバンを窘《たしな》める声がして、幸造は笑った。ナナに日本を見せてやれないのは残念だが、そもそも獣人などいないところへ連れて行っても、ナナの為にはならない。ここで二人で暮らすのがいい。幸造はそう決めていた。

「幸造！」

エルバンを連れ戻そうと立ち上がると、家からナナが手を振ってロミと歩いてきていた。もう片方の手はロミとつないでいる。そこにエルバンが加わると、完璧なユキヒョウの親子の姿だった。

「ナナ、可愛い」

幸造はナナの姿を見て真っ先に褒めた。水色に白い花柄のワンピースはナナに良く似合っていた。髪はサイドを三つ編みされて後ろで結ばれていて、ナナの顔がより可愛く見えた。これは欲目などではない。褒めたことが嬉しかったのか、ナナは頬を染める。そんな二人を見てエルバンとロミも顔を見合わせて笑っていた。

それから四人でロミが持ってきた昼食を取った。ふかふかに焼かれたパンが、ロミの手作りだと知ったナナが感動している。ロミは張り切ってナナに作り方を伝授すると言っていた。

「ナナと結婚しようと思います。今後ともよろしくお願いします」

食事が終わって、お茶を飲んでまったりしていると幸造がそう宣言した。

「ここで、リリアナと一生暮らすってことだな？」

「はい」

「ちょっと待ってください。幸造は日本に帰るんじゃ……。それに、その話は……」

「ツガーレフの屋敷から持ってきた本ならもう読んだよ。ナナはここで暮らすのは嫌？

俺はここがいいんだ。向こうには家族ももういないし帰らない。ここにカカリがいないなら平気」

「……いいのですか？」

「ナナもここで一緒に暮らしてくれる？」

「私は幸造と一緒なら……」

「じゃ、決まり」

「結婚式はするわよね⁉」

ロミが立ち上がって幸造に詰め寄った。

「ナナを着飾ってくれますか？　今日みたいに」

「こんなものじゃないわよ‼」

「それじゃあ、落ち着いたら城に上がって王に挨拶しないとな。幸造は人間だからなぁ。

まあ、覚悟しとけ」

「わかった」

「え、わ、わかった、じゃないです！　幸造？　もしかして獣人の国では人間は嫌われているんですか？」

「そりゃ、勝手に獣人を攫って売る、メルカレーナ国のような酷い国から来た人間って言ったら嫌われるさ」

「幸造が酷い目に遭うなら行きません！」

「大丈夫だよ、ナナ。エルバンだってわかってくれたから。エルバン、ナナを不安にさせないで」

「すまん、リリアナ。俺が幸造を守るから」

「幸造に少しでも嫌なことがあったら許さないですから！」

「ナナ……こういうときだけ気が強いんだから」

そんな親子のやり取りを見て嬉しくなった。やはり、繋《つな》がっているんだと思う。こんなにすぐに打ち解けられるのだ。

ナナが幸せそうに笑っている。ナナにはここで両親と今までの分も幸せになって欲しい。たくさん大切なものを作っても、怖がらなくていいように。

「今日は泊っていいか？」

窺《うかが》うようにエルバンが言うのを幸造が頷いて答える。この調子ならナナはすぐに失った親子の時間を埋めることが出来るだろう。泊まると聞いてロミが嬉しそうに布団を外に干そうと出してきた。勝手知ったる人の家である。

暴走するロミを慌てて幸造とナナが手伝った。庭には布団干しに最適な壁があって、そこに三人でわいわい言いながら布団をかける。エルバンが忘れているぞと布団たたきを持って走ってきたのを見て、ロミが「貴方が持つと布団たたきがしゃもじに見える」というので皆でお腹を抱えて笑った。

その日、幸造はナナをロミとエルバンに譲って寝た。ナナを真ん中にして、応接間に布団を並べているロミは嬉しそうだった。ちょっと寂しいな、と思ってひとりで寝ていると、夜中にナナが幸造の布団に潜り込んできた。

「カカリがいないか不安でしょう?」

ナナはそういって背中にくっついた。

「ナナがいないと困るよ」

体を返して向き合うと、ナナを抱きしめた。ナナはいつものように胸に耳をつけて幸造の鼓動を聞いていた。こうすると安心するようだ。

「幸造、ありがとうございます」

ナナがポツリと言ったので頭のつむじにキスをした。しばらくして規則的な寝息が聞こえてくる。明日は早起きして、ナナを布団の真ん中に戻しておかないと。応接間で眠るユキヒョウの夫婦のことを思いながら幸造も目を閉じた。

六章　賢者様はお嫁様と幸せに浸る

獣人の国イラリアに来てから少しずつ様々な事情が分かってきた。まず、イラリアは大国である。周りの国にも大いに影響力のある獣人の国で、当たり前だがここで獣人が差別されることはない。ナナも耳と尻尾を堂々と見せて外を歩ける。服も獣人用に尻尾の穴付きが主流。帽子も耳を出す部分が開けてある。様々な獣人が住んでいて、皆平和に仲良く暮らしている。周りにある国も獣人に友好的でメルカレーナ国のように特別獣人が差別されている国はない。それどころか身体能力の優れた獣人は重宝がられていた。

「雰囲気違いますね」

「うん。まさに海の近くって感じだ。魚屋ばっかり」

スンスンと鼻を動かすと幸造の言う通り潮の匂いより魚の匂いの方がキツイ。二人の住む赤い屋根の家から丘を越えると海が見えてくる。そこから港に続く道を歩いて行くと市場があるというので、二人は行ってみることにした。

こちらでの生活に少しずつ慣れてきたので、エルバンに精霊石とお金を交換してもらい、市場に買い物に出た。

イラリア国に来てから精霊は元気いっぱいで、放っておくと歌まで歌い出してしまうのだと、時折文句を言いながら幸造が耳を塞いでいた。ナナには精霊は見えないが、精霊からの光の合図や気配を感じることはできる。比べてみるとメルカレーナ国の精霊がいかに元気がなかったのかがわかる、と幸造がナナに教えてくれた。

二人で出かけると言えばエルバンがストーカーのごとく後ろについてきていたが、ロミにデートくらいさせてやれと引っ張られて去っていった。

ナナは幸造と手を繋《つな》いで歩けて大満足だ。平気な顔をしようとしても自然と表情が緩む。尻尾が幸造に絡みつくので今更なのだが。

「ひゃ」

そんなナナを見て手の平の内側を幸造が素知らぬ顔でくすぐった。幸造が口元を押さえながらナナから視線を外して笑っている。

「もう！」

ナナがむくれると、くすぐっていた親指を止めて幸造がするりと指を絡めるように繋ぎ直した。

「こっちの方がよくない？」

「〜〜〜〜‼」

しれっと恋人繋ぎをして、そんなことをいう幸造に、この人はナナをどうしたいのだと眩暈《めまい》がした。幸造が楽しそうに、あれこれ指をさして歩く。以前とは反対で幸造がフードを深くかぶっていた。幸造が人間だとバレたとしても暴力を振るわれることはないだろうが、嫌な顔をされるかもしれなかった。わざわざ嫌な思いをすることはないと、幸造は笑ってフードを被った。幸造はそういう人だ。

「串焼き、焼きたてだよ！」

「海産物いかがですかー！」

ここで、見かける獣人は皆笑顔だ。メルカレーナ国にいた頃、こんな風に笑っている獣人はいなかった。

外から見るメルカレーナ国は高い壁に囲まれた閉鎖的な国だ。魔法国家で魔法を使うことに関しては特化している。獣人を差別して嫌っているくせに、彼らが信仰する神は龍である。精霊に愛された国というが、裏を返せば精霊の加護に頼りきりで、パラパトの取引と治癒魔法、そして獣人に契約を施して奴隷とする闇取引で潤っている国だった。メルカレーナ国にいた、涎《よだれ》を垂らして凶暴だと言われていた獣人は、思い通りに扱うために薬を使って中毒にした獣人だったようだ。心臓に施す魔法陣の契約は難しいので、貴族や金持ちしか使えない。ナナが檻《おり》に一緒に入れられた大きな白猫の獣人は、きっと薬漬けにされていたのだろう。

市場で魚と貝、干物を買った。特に干物は幸造が「これで白ご飯さえあれば」とぶつぶつ言って購入していた。店先のタライに入れられたカニをつついてみたり、大きな貝殻の置物に耳をつけてみたりして市場を楽しんで、また丘を越えて家に帰ると、家の前に誰かが立っているのが見えた。幸造が精霊に確認するとウーノだと教えてくれた。

「こんにちは！　ナナ、元気？」

ウーノは前々からナナに謝りたかったと花束を持ってきてくれた。ばつが悪そうにしているウーノを誘って応接間に通した。猫舌なのかウーノはナナが入れたお茶をふうふう大げさに冷ましながら飲んだ。

「あの時のこと謝りたくって。怖い思いさせてごめんね。わざわざ逃げる計画に巻き込んだのに盗聴されて、それを悪用されるなんてマジ最悪だった」

「ウーノさんも大変だったのですから謝らないでください」

「いや、俺がツガーレフを甘くみていたんだ。あの女もほんと最悪だし。幸造が助けてくれなかったら、あのままカローラを番《つがい》と思わされて延々と足の指舐《な》めさせられてたよ」

「謝りたいっていうから会うのは許したけど、正直、思い出したくないし、ナナにも思い出させたくないから」

ウーノがあの時の話をし出すと、幸造が言葉を遮って嫌そうに顔を歪《ゆが》めた。しまった、という顔をしてウーノが舌をだした。

「俺ってばイラリア国の王の密偵なんだ。あそこでナナみたいに捕まってる獣人の調査をしていたんだ」

「密偵ですか」

「捕まって、足ペロペロさせられてたけどな。運命の番がいるから契約に干渉されにくいからって選ばれたんだけど。まさかあんなことになるなんて。だけど大体証拠もつかんだからメルカレーナ国の獣人は王様が救ってくれると思う」

「イラリアの王様？」

「うん。すっげー賢いんだぜ」

「ふうん」

ウーノの話が続きそうだと感じたのか幸造が話題を変えた。

「ウーノ、俺、ナナと結婚するつもりなんだ」

「へえ。おめでとう！　まあ、つがってるんだから今更だけどな。さらに契約するってことか。まあ、でもなんか、特別っていいよな」

軽い感じでウーノが言う。ナナはこのまま結婚してもいいか少し迷ってしまう。幸造の足枷《あしかせ》だけにはなりたくない。

「ちょっと聞きたかったんだけど、国民の結婚をいちいち王様に報告しないといけないものなの？　俺、エルバンに城に行って挨拶しろって、言われているんだけど」

「幸造知らないの？　エルバンは……あーえー色々あって辞めちゃったけど城で仕事してた人だからね。自分の娘が結婚するなら挨拶してほしいってことじゃない？」

「職場の人たちってことなのかな。まあ、それなら行くけど」

どうやらエルバンがナナとの結婚を城で報告しろと言っているらしい。それでも納得のいかなさそうな幸造が首をかしげていて、ウーノはヤレヤレという顔をしていた。

＊　＊　＊

「幸造、その、本当に私と結婚するのですか？」

「するって言ったよね。いまさら、俺の返品は受付けないよ？」

その夜、思い切って幸造に聞いてみた。そんなことを言いだしたナナを幸造はじっと観察するように眺めた。不安そうに見えたのか、幸造はベッドの上で胡坐《あぐら》をかいて手招きした。いつなら飛んでいって抱きしめてもらうのだが、気持ちをとどめて正座して向き合った。ナナが目を伏せる。ジッと前に出した手を握りこんでから、やっと覚悟を決めた。

「私は幸造に黙っていたことがあります」

「え。何。怖い」

「私は……ツガーレフ様の屋敷で監禁されたとき……幸造に手紙を書いてもらうために……」

「ナナ、ストップ。待って。それ、言わなくていい」

「でも。幸造が呆《あき》れるようなこと、しました」

「……最後までされた？」

その言葉に首を横に振ると幸造が頭を撫《な》でてくれた。

「例えそうだったとしても俺が守れなかったせいだから。ナナは悪くないんだよ」

そう言われて目から涙がポロポロと零れた。

「ごめんね、もっと早く助けられていたら……」

幸造に謝らせてしまったナナはブンブンとまた首を横に振った。幸造は悪くない。そのまま下を向いて泣いていると握りしめた両手をほぐすように幸造が手を重ねてきた。

「運命の番だから。ナナ。運命も一緒だよ。あの時の俺の後悔も聞きたい？」

その言葉にまたナナが首を振る。

「悲しいことは半分こにしよう。で、楽しいことは二人で二倍」

「とってもお得に聞こえます」

「二人だと、とってもお得だよ。ねえ、今日は二人でお互いのあばら骨を数えようか」

「私はだいぶ戻りましたよ」

「嘘《うそ》だよ」

「本当です」

幸造がナナのシャツの裾に手を入れる。くすぐったさに身をよじりながら、同じように幸造のシャツに手を入れた。

「ここに来てからしてなかったね。体はもう平気？　胸を刺されていたから心配していたんだ」

そう言われてナナの心臓がドキンとした。

「……もう、平気です」

「確かめてみようか」

「ん……」

幸造の手が上に上がってきて、胸にやわやわと触れてくる。ナナが見つめると優しくキスをしてくれた。

「したかったけど、我慢していたんだ。怖かったら言って」

幸造がそう告げたので下を向いたまま、こくんと頷《うなず》いた。幸造を全身で感じたかったのはナナも同じだ。

「……私も……したかったです」

蚊の鳴くような声で言うと幸造はナナが安心するように笑った。

「次の発情期には子どもをつくろうか？　もう家もあるし、結婚もするから。あ、俺、仕事ないや。よし、職探しする」

そんな幸造の提案に胸が躍る。幸造はナナと家族を作ってくれるのだ。

「こんなに幸せでいいのでしょうか」

「幸せは二倍だからね」

ふふふ、と顔を見合わせて笑ってキスを交わした。ナナが舌を出すと幸造が吸い上げる。幸せな気分になれる幸造とのキスが大好きだ。胸ばかり虐めてくる幸造にお返ししたくてナナはキスをしながら幸造のシャツのボタンをはずしていく。幸造の乳首だって小さいけれど立っている。ぺろりと舐めるとくすぐったいと幸造が笑った。

「あれ？　幸造、こんなところにホクロなんてありましたか？」

「ん？　あったかな、なかったかな？」

胸の間に小さなほくろを見つけて、つついてみようと思ったのに、幸造がさっと隠してしまった。

「ひゃ。コウゾ、駄目」

幸造がナナの乳房を手で包むように寄せ上げて親指で両乳首を押しつぶすように刺激してきた。ナナは甘い声を上げてしまい、太ももをモジモジとこすり合わせた。

「こんなところにホクロなんてあったかな？」

「や、ないです！　ないですからぁ！」

するりとパジャマのズボンとショーツを一度に脱がされたナナは割り開かれた股の間を幸造に舐め上げられた。

「気持ちいいのも二倍」

言って幸造が舌で刺激しながら膣《なか》に指を入れた。

「いきなり……やあん！」

「そうなんだけど、なんだか我慢できない」

探るように深く入った指がナナの中を広げる。蜜は溢《あふ》れるように零れて幸造を待ちわびていた。キュウと内壁が指を締め付ける。

「コウゾ、つながりたい、です」

「カタコトになるナナが可愛い。俺も早く繋がりたい。余裕なくてごめんね。後でゆっくり楽しもうね」

愛撫《あいぶ》もそこそこに指を抜いて、ズニュリと幸造の熱い塊が挿入《はい》ってくる。ナナの膣《なか》は幸造でいっぱいに満たされた。

「ナナが嫌だったことを上書きする。俺だけを感じて。今、ナナを抱いているのは俺だから」

幸造がゆるゆると腰を揺らすと恥ずかしいくらいグチュグチュと水音が鳴った。幸造が欲しくて堪らなかったと身体が喜んでいる。

「離したくないって、ナナのなかが締め付けてくる」

恥ずかしいが、その通りだった。何か言いたかったけれど、結局、口からは嬌声《きょうせい》しかでてこない。

「ああ、あっ……」

「奥、好きだよね」

ナナの足を持ち上げた幸造が腰をグリグリと押しつけてくる。

「くううん」

気持ち良さにナナの身体が反ってくると子宮をノックするように幸造が動く。ジュポ、ジュポと動きに合わせて音がする。溢れてくる愛液が掻《か》き出されるように、段々と激しく出し入れされるのを感じた。

「ん、ん、んっ」

「気持ち、いいね」

「はぅっ、あ、ああっ」

「ごめん、もう、イっていい？」

聞かれてナナはブンブンと頷く。幸造が欲しくて、欲しくて堪らない。

「いっぱい、くだ、くださっ……いっ。コウゾ……！」

ナナが言葉にすると幸造の動きが更に激しくなった。

「イクッ」

「ああ、ああーっ！」

幸造の放った熱に満たされることが、こんなに幸せだなんて。びくびくとナナの中で射精した幸造がそのままナナの方に身体を倒してキスをしてきた。

大好きな幸造のキス。

翻弄されて開きっぱなしだった口は、たやすく幸造の舌を迎え入れる。互いの舌で舌を擦り、唾液を混ぜるように絡める。時折口内をくすぐられてナナはまた体を震わせた。

「あっ……」

ズルリと幸造がナナから出て行くとお尻の方に精液が垂れてしまう。せっかく中に出してもらったのに。残念そうにするナナに幸造が苦笑した。

「一回じゃ、終われそうもないけど」

幸造の方を見ると吐精したばかりの肉棒がまたゆるく上に向かっていた。

「コウゾ、舐めていいですか？」

「え？」

ツガーレフにされて嫌だったことを上書きしてもらうなら、そうしたいと思った。

「いいよ。でも、俺もする」

ナナが四つん這《ば》いで幸造の立ち上がった性器に顔を寄せると幸造がナナの身体を回転させて幸造の顔を跨《また》ぐような格好にさせた。

「これ、って、コウゾ……」

「ナナも舐めるんだし、いいでしょ」

そう言いながら幸造は精がこぼれ出ていたナナの秘所を指で広げた。

「や、あん」

ツプリと指を差し入れられて腰が砕けそうだ。ナナは幸造が与える刺激に耐えながら立ち上がったそこを根元からペロペロと舐め上げた。

「ん、ちゅっ、ちゅ」

唾液を溜《た》めて口に迎え入れて舌で愛撫する。ちゅぱちゅぱと口をすぼめて刺激を与えると気持ちいいのかピクピクと動く幸造の分身が愛おしい。

「んー、んんーっ」

しかし、舐めるのに集中したいのに幸造もナナの敏感なところを探ってくる。

「自分の精液とか無理って思ってたけど、ナナからこぼれてるとエロい」

そんなことを言いながら幸造が中を指でかき回して舌で敏感な突起をクリクリと舐め上げてくるので堪らない気持ちになった。

「ナナが挿入《い》れていいよ」

興奮して顔が赤いのが自分でもわかる。ハフハフと息をしながら幸造の身体を跨いだ。幸造の硬くなった分身に手を添えて入り口にあてた。精液の混じった愛液がすんなりと幸造の侵入を許してナナの身体に入ってくる。チュパン、と音がしてすべてが収まるとナナの体重でいつもより奥まで幸造を感じた。

「ふぁ、コウゾ……」

ジッとこちらを見ていた幸造が下から手を伸ばして乳首を親指でクリクリと刺激するとそれに連動したようにナナの腰が揺れた。

「気持ちいいとこ探って。好きにしていいよ」

そんなことを言うくせに幸造はナナの胸を虐めてくる。好きにしていいといわれても、どうしたらいいか分からなくて、腰をもどかしく前後に動かしていると幸造が下からグン、と腰を打ち付けてきた。

「んっ、あっ」

衝撃に声を上げるとまた幸造が突き上げる。

「ここ?」

「あ、んっ！」

「この辺だよね」

「は、ええ？」

「ナナ、腰を浮かして、出し入れして」

「こ、こぉ？」

幸造の胸に両手をおいてナナは腰を浮かす。チュパンとまた幸造を迎えるとナナの気持ちいいところが中で擦れた。

「はうぁっ、あっ」

ちゃぷちゃぷと音をさせながら、快感に腰が止まらなくなったナナに合わせて幸造が下からナナを突いた。いつの間にか幸造と両手を恋人繋ぎして二人で体を揺らしていた。

「コウゾ、コウゾ……」

「ナナ、愛してるよ」

「……私も。あ、いっちゃう、コウゾ……」

「一緒にイこうね。ナナ。好きだよね、一緒」

「ん、あああん」

気持ちいい。幸造とするのは幸せで涙が出そうだ。快感の波に乗ってナナがまた達した。ハアハアと息が整わないうちに幸造がまたキスをしてくれた。

どちらからともなく求めあって、二人は一晩中繋がっていた。

朝、早くにナナは目覚めた。隣には深く眠っている幸造がいた。さらさらと流れる黒い前髪を指で横に払うと、くすぐったかったのか眉間にしわが寄った。もにゃもにゃと唇が動いてナナは悶《もだ》えてしまった。

幸造は日本に帰らなくていいのだろうか。もし帰るならナナは迷いなくついて行くのに。ナナの為に獣人の国で暮らすという困った人。ナナを愛してくれる人。

ナナの心臓にはツガーレフとの契約がある。幸造は絶対に解いてやると調べてくれているが、賢者である幸造がこんなに苦労するなら解けない可能性の方が高い。

いいのかな、とナナは思う。

ここで、幸造と家族を作る。ナナを愛してくれる両親もいる。なんて幸せなことだろう。……でもこの幸せは続く？　あのツガーレフから本当に解放されることが出来るのだろうか。それでも、幸造を信じる。ナナにはそれしかできない。

結婚。

幸造がナナをお嫁さんにする。結婚すると約束事が出来る。お互い大切にしあいましょうとか相手はお互いだけにしましょうというのが主流だ。幸造はどんな内容にしたいのだろう。二人で考えるのが楽しみだ。

喉が渇いたナナはそっと幸造の腕を抜け出した。台所でお水を飲んで、寝室に帰ろうかと足を向けると、ツガーレフのところから持ってきた資料が部屋の隅にあるのを見つけた。そこには昔ナナが読んだことのある絵本の原画みたいなものがあった。あの時は字が読めなかったから、とナナはもう一度それを見た。

光の中からお姫様が現れたと思っていたが、文章を読むとそれが賢者だと分かった。髪も黒髪だし、幸造と重ねてみてしまう。龍は王様で賢者に恋をする。二人は愛し合って……でも賢者は元の世界に帰ってしまう。それを悲しんだ王様が泣いて涙が宝石になる。絵本なのでそんなに大きな解釈の違いはなかったが肝心の賢者が帰るページがインクでくっついてしまっていた。どうして愛し合っていたのに賢者は帰ってしまったのだろう。龍の王様はこんなに泣いているのに。ナナはそのページを透かしてみたりして見たが、無理に剝がすと破れそうだったのでやめた。

＊　＊　＊

「王にリリアナの結婚の許しをもらいにいこう」

ナナが寝ぼけ眼を擦っているとエルバンがロミを連れて家に現れた。早朝にやってきて王都へ出発すると言うのだ。エルバンはどこからかそろえてきた一張羅を幸造に着るよう渡し、ナナもこれを着なさいとロミにドレスを渡される。軽く考えていた二人は、これはなかなか大変なところへ行くことになるのではないか、と予想して青くなった。

「幸造、海の向こうはメルカレーナ国の地図には描かれていなかったのですが、もしかしてものすごく大陸は大きかったのではないでしょうか」

「俺もそう思う。メルカレーナ国って実は小さくて、イラリア国はでかくて、そして、もしかして俺たちがいる場所はめっちゃ田舎だったんじゃないか？」

メルカレーナ国しか知らない二人はメルカレーナ国が知っているすべてだった。けれどもあそこは高い壁のある閉ざされた国なのだ。外の国はもっと文化が発展していたとしてもおかしくはない。図書だってそうだ。やたら魔法については詳しくていっぱいあったが蔵書のジャンルは偏っていて、地図すら自分の国を誇張した詐欺レベルのものだったのだ。

「あんまり考えていなかったけど、エルバンとロミってどこに住んでいたんだ？　こっちに泊まることはあってもエルバンたちの屋敷に行くことはなかった。……今考えたら家も精霊石を渡したら簡単に用意してくれた」

「この服も上等そうです……幸造、とても似合ってます。か、かっこいい……」

「ちょ、ナナやめてよ、欲目で見るの。ナナもよく似合ってる……その、綺麗《きれい》だよ」

着替え終わって互いに見つめあっているとロミが待ちきれないと部屋に入ってきた。ナナたちの恰好《かっこう》をさっと確認すると二人を部屋の外に追い出すように誘導した。

「あなたたち、いつもそんな感じなの？　……まあ、とにかく馬車に乗って。早く出発しないと間に合わないわ」

「やっと、目通りの申請が通ったのだ。王はお忙しいからな。急で悪いが会って欲しい」

エルバンがドアを開けると、外には立派な馬車が停まっていた。メルカレーナ国の王の馬車より立派に見える。面食らう二人を乗せて、馬車が滑り出すように出発した。スプリングがきいていて、高級さを感じる。ナナと幸造は並んで座った。

「もしかして、エルバンて貴族とか、偉い人？」

恐る恐る幸造が聞くとエルバンが笑った。

「昔、王城で働いていただけだ。もう貴族籍は返上した。ただの田舎領主だ。偉くもない」

外の景色がどんどん変わっていく。ずいぶん田舎にいたのだと分かるくらいに、外が段々とにぎやかになってくる。

「幸造、なんかすごいです」

「都会だ。都会」

メルカレーナのような古さのない街並みに目を丸くする。エルバンが窓の外を指さしてあそこが城だと教えてくれたところには、本でしか見たことのないような、宮殿と呼ぶのにぴったりな建物が立っていた。

馬車が城に吸い込まれるように入っていく。敷地内に入っても風景が変わらないまま、なかなか建物に着かなかった。

ようやく馬車が建物の入り口に着くと「エルバン＝シャークウット様お着きーー‼」と

入り口で叫びあげられてナナと幸造は体をびくつかせた。エルバンとロミは優雅に馬車から降りる。そのあとを幸造とナナがキョロキョロしながら降りた。幸造が肩に乗った何かをはらう動作を繰り返していたので精霊もたくさんいるようだ。

長い廊下を歩いて通された部屋も立派な調度品が並ぶ。大きな窓には高そうなステンドグラスがはめられていた。

上品な爬虫類《はちゅうるい》系の獣人にソファを勧められて座ると、すぐにメイドがカチャカチャとお茶のセットを運んできた。

「お待ちください」

するとしばらくしてバタバタと足音が聞こえてきた。

ドアを乱暴に開けて入ってきたのはモコモコとした羊らしき大きな獣人の男だった。男はエルバンとロミを確認し、ナナを見て口を押さえた。

「エルバン‼　ロミ‼」

「よかった！　よかったなぁ！」

ボロボロと大粒の涙を落としながら立ち尽くす男を、エルバンが立ち上がって抱きとめて背中をバンバン叩《たた》いた。

「ありがとう、ミッツィ。リリアナ、私の親友だ。一緒にずっとお前を探してくれていた。顔を見せてやってくれ」

「は、初めまして」

「初めてじゃないんだ。君が産まれた時も誕生日も会いに行ったよ。エルバンとロミの宝物。戻ってきてくれて嬉しいよ。本当に……」

ミッツィと呼ばれた男はナナを見て微笑んだ。慈愛に溢れた目だった。するとまたバタバタと多くの足音が聞こえた。

「エルバン！」

「エルバン‼」

それからは次から次へと獣人がやってきて、ナナと幸造は面食らってしまった。エルバンとロミは次々と訪れる獣人ひとりひとりにハグをしてからナナを紹介した。一通り、それが儀式のように終わると多くの獣人の視線が幸造に移った。広かった部屋は今や様々な大きさの獣人でごった返していた。

「……お前がリリアナの『運命の番』？」

誰かがそう言ったのが聞こえて、ナナは幸造の隣にぴったりとくっついた。エルバンが幸造を皆に紹介した。

「リリアナの番の幸造だ。俺の鉄槌《てっつい》を前にして一歩も引かなかった男だ」

エルバンが拳を前に出してそういうと「おお～っ」と皆が声を上げた。

「種族はなんだ？　耳と尻尾はないようだけど……」

見上げると幸造が意を決して口を開き、人間だと告げようとしていた。ナナはぎゅっと幸造の腕を握った。すると人の垣根の向こう側から声が聞こえた。

「種族は私の親戚筋かもしれないね」

その声が聞こえると道を空けるように人垣が両側に分かれた。

「陛下！」

陛下と呼ばれた男の頭には耳はついていない。体にも尻尾はない様だった。

「こんなに精霊の侵入を許した覚えはないけれど。エルバン、この人に危害を加えたかい？　ずいぶん精霊が警戒しているじゃないか」

ざっと皆が膝を突こうとするのを男が手で制した。

「いいよ。許す。エルバンの宝物が帰ってきたのだ。堅苦しいのはなしだ」

白目のない瞳だ。よく見ると首の後ろに鱗《うろこ》のようなものがついている。蛇だろうか、ずいぶん若く見える。

「まずは、リリアナ、お帰り。よく戻ってきてくれた。不甲斐《ふがい》ない私を許して欲しい」

「えと」

固まったナナにエルバンがフォローを入れた。

「リリアナ、イラリアの王、ダウデッド様だ」

「は、初めまして……」

「ここにいるものは皆リリアナを知っている。覚えてはいないだろうけれど」

「すみません」

「責めているのではないよ。小さかったのだから仕方ないことだ。むしろ責められるのは助けられなかった私の方だ」

「陛下、それは違います」

謝罪しようとするのをエルバンが慌てて止めるので、ダウデッドが困ったような顔をした。

「結婚の許しを得に来たと聞いた。そちらがリリアナの番だね」

「幸造と申します」

「リリアナを助けてくれたと聞いた。元婚約者として礼を言うよ。そして、二人を祝福する」

「え……」

どういうことだ、とナナと幸造がエルバンを見ると、エルバンが大丈夫だというように笑った。

すると、急に光が集まりだしてナナと幸造の周りを囲む。

「精霊も喜んでいる。幸造と言ったね。君は何者？」

「何者と言われましても……。異世界から来た人間です」

また、後ろから「おおおお」と声が聞こえた。「異世界人だと⁉」「賢者か？」との声も上がる。

「メルカレーナはまたとんでもないことをしたね。欲深すぎて言葉もない。これ以上おかしなことをしないうちに早くつぶさないと。近々騒がしくなるかもしれないけれど、ちゃんと静かにさせるつもりだから安心してくれ」

ダウデッドは優雅に微笑んで幸造に握手を求めた。幸造は求められるままその手を握った。ダウデッドが幸造に耳打ちする。

「やはり、僅かだが混じっている。私の予想では間違いないと思うが、ご自分のルーツを知りたければトルトルを訪ねればよい。話を通しておこう」

「ルーツ？　俺のですか？」

「精霊に『愛し子』と呼ばれているだろう？」

「……」

そのまま軽くハグをしてからダウデッドが幸造から離れていった。

「リリアナと幸造の結婚に祝福を。そして幸造がイラリア国の大地に精霊の加護をもたらしてくれることに感謝する！」

大きな声でダウデッドが宣言すると部屋中に二人を祝福するとばかりに拍手が巻き起こった。精霊の光もあちこち壁にぶつかるように飛んでいる。ダウデッドは結婚式には呼んでくれと言うと「お時間です」と呼びに来たネズミの獣人について部屋を出ていった。

その場にいた皆にも結婚式には呼んでくれと言われて、エルバンやロミとなにやら打合せを始めた。

「ルーツ……？」

ダウデッドが幸造に耳打ちした言葉はナナにも聞こえていた。ダウデッドの言葉から推測すると幸造は獣人の血が混じっているということになる。異世界から召喚されてきたのに、そんなことがあり得るのだろうか。不思議に思っているとエルバンに話しかけられた。

「皆に城の中央の広場で式を挙げたらどうかと言われているのだが、どうだ？」

「城の広場？」

「ほら、窓から見えるだろう、あれだ」

　エルバンの指さす方を見ると、だだっ広く石畳に整備された場所があった。

「え、広すぎる」

　幸造が即座に反応した。

「あれくらいないと皆が入りきれないっていうのだ」

　どれだけ呼ぶつもりなんだと、ナナと幸造は顔を見合わせる。小さな教会みたいなところで両親に立ち会ってもらって人前式を上げよう、くらいに思っていた二人はスケールの違いに息をするのも忘れそうだ。

「どうしよう、ナナ」

「早く家に帰りたいです」

　そんな二人を置いて、周りはどんどん勝手に盛り上がっている。会場の設置、音楽隊、花火を上げようかなんて声も聞こえる。

　そのうち、あれよあれよと王城近くの屋敷に連れていかれる。大きくて立派な屋敷に入るとずらっと並んだメイドたちに出迎えられてしまった。

「世話になる」

そこはミッツィの屋敷らしいのにロミをエスコートしたエルバンが大きな顔をして入っていった。カカリだ、なんだと騒ぎながら宿に泊まっていたナナと幸造には想像できない世界だ。

「ナナはお嬢様だったんだ」

ぽかんと遥《はる》か頭上にある豪華なシャンデリアを見ている幸造に慌てて首を振った。

「知りません、知りません‼」

「どうしよう……こんなおっきな国の王様の、元婚約者のナナに結婚申し込んじゃった。番にしちゃった」

「幸造、駄目です。私は返品できませんからね！　帰ってきてください幸造！　飛んでいった意識をとり戻してください！」

うつろな目の幸造の胸元を摑《つか》んでナナが揺さぶった。

そんな二人を周りの人は温かい目で見守っていた。


「人間をやめたくなるレベルの柔らかさのベッドなんだけど」

ミッツィが幸造とナナに用意してくれた部屋はベッドルームが三つ。応接間、お風呂と別にシャワールーム、パウダールームが用意されている部屋だった。これでもエルバンとロミが泊まる部屋より部屋数が少ないというから驚きだ。ナナと幸造は部屋を一通り見てから一番小さなベッドルームを使うことにした。

「幸造、これは、沈みます。お布団ではありません。人を駄目にする沼です」

「仕方ない、ナナ、一緒に沈むぞ」

「きゃーっ」

ボフンと押し倒されて、キャーキャー言いながら幸造にしがみついた。

「夕食も、あんな長いテーブルどっから持ってきた⁉　ってくらい長いテーブルだったし、いちいち全部、豪華過ぎてもう、どうにでもしてくれって感じ」

「幸造が用意してくれた丘の家に帰りたいです」

「……結婚式するまでは、ここにいて用意させてほしいってエルバンが。ロミもナナの為に張り切ってるから親孝行はしないと……」

そう言われるとナナも弱い。ずっと探してくれていた両親の希望も聞いてあげたい。

「……頑張ります」

「まあまあ。ここの図書室を開放してくれるって言ってたから、明日見せてもらおうよ。今ならわかる。メルカレーナ国の情報は偏りすぎていて、あれだけ読んだら駄目なヤツだ」

「小さい国だったんですね。あんな小さな世界に生きていたんですね」

「そうだね」

「もう二度とメルカレーナ国には戻りたくありません」

「俺も無理！」

「幸造、ちょっとだけ思っていたんですけど」

「ん?」

「幸造のルーツってやつです」

「俺のルーツ? ああ。王様が言ってたやつね」

「幸造の耳の裏、鱗みたいにカサカサしてるんです」

「え? あ、これ? ああ〜。アトピーだよ。小さいころからあるの」

「アトピー?」

「皮膚の炎症。う一んと、どういったらいいかな。体質? で皮膚がカサカサしてるの。俺の父親もそうだったから遺伝かも」

「そうなのですか?」

「うん。病院にも行ってたから。……ナナは俺に獣人の血が混じっているほうがいい?」

「いいえ。幸造が幸造ならそれでいいです。でも、気になっていたので」

「トルトルさんに聞いたらいいって言ってたな。そのうち連絡くれるかな」

「どんな方でしょうね」

「もう、すごい偉い人とか無理なんだけど」

「私も。皆、優しいけれど緊張します」

「……疲れた」

「今日も幸造のカカリを除けてあげます」

「さすがに、ここにはいないだろ⁉」

「怖いくせに」

「背中にくっつきたいくせに」

「ふふふ」

　クスクス二人で笑う。幸造はシーツを摑むとふわりと二人を包んだ。ナナはキャーキャー言いながら幸造に抱き着いた。狭い方が落ち着いてしまう。

　翌朝シーツの交換に来たメイドは、ベッドの隅っこでくっついて寝ていた二人を、布団の塊だと勘違いして驚いたという。

七章　賢者様はお嫁様に隠しごとをしている

次の日に許可をもらい、幸造たちは王城にある図書室に入れてもらった。幸造はもう異世界人の資料を取り立てて探さないので、ナナの方が探して読んでいた。

幸造は少し気になる文面を見つけて読んでいたので、ナナに肩を叩《たた》かれるまで目の前に人がいることに気づかなかった。

「幸造様。リリアナ様。トルトル様がお目覚めだということです。会いに行かれますか？」

「はい」

トルトルが何者かは分からないが二人は二つ返事で使者について行った。

案内された部屋はとても日当たりのいい部屋で、室内に色とりどりの花の植木鉢が並べられていた。ついてきた精霊がそれを気に入って、つぼみを増やしたり、枯れたところを直したりして飛んでいた。

中央のベッドには真っ白の髪を三つ編みにしたしわくちゃのおばあさんが横になっていた。使者は二人をベッドの横の椅子に案内して座らせた。するとメイドが三人やってきて背中にクッションをいれておばあさんの体を起こした。

「可愛いお客さんがいっぱいだこと」

おばあさんは植木鉢のところで遊んでいる精霊が見えているようだ。

「初めましてトルトル様。俺は柳本幸造です。そしてこちらは婚約者のリリアナです」

幸造は優しそうなおばあさんに自己紹介をした。

「珍しいお客さんだわ。よろしくね」

おばあさんはのそりと動く。亀だ。亀の獣人である。大きさはゾウガメくらいだろうか。今まで見てきた成人の獣人の中で一番小さい。それでも不思議と威厳を感じた。

「ふふ。私はトルトル。陛下がなんと言ったかは知らないけれど、そうねぇ……三代前には王様をしていたのよ。女の子だから女王様かしら。ふふふ」

「王様……」

「イラリア……獣人の国はね、世襲制ではないの。精霊を見れるものが王様になる」

「え？」

その言葉にナナが反応して見てきたので幸造が慌てて首を横に振った。

「素質の話よ。獣人には精霊を見れる人がたまにいるの。精霊が土地に住み着くとそこは豊かになる。だから精霊に愛された人を大事にするの」

「精霊の愛し子……」

「そう。精霊の愛し子はね。龍人のことよ。精霊の声まで聞けるのは龍人だけ。貴方はその末裔《まつえい》ね」

「え⁉」

トルトルが手を出して幸造の手に重ねた。しわしわの小さな手は幸造の手を優しく撫《な》でた。

「召喚されたと聞いたわ。メルカレーナはまた懲りずに罪を犯したのね。この世界に落とされて、不安だったでしょう。頑張ったわね。幸造」

「え、あ。俺」

「たくさん、頑張ったのね。そしてこの世界を恨まないでいてくれてありがとう」

「……いえ、その、傍にいてくれる人がいたから……」

幸造はナナを見てから下を向いて言葉を詰まらせていた。

「龍人というのは精霊に愛された種族でね。その存在だけで龍人がいる場所はとても豊かになった。けれど、龍人が死ぬと精霊が悲しんで涙を流す。そのときの涙が精霊石になるのを知って、龍人を捕まえて殺してしまう人がいたのよ。龍人は数を減らしていったわ」

「……」

「そして結局、龍人は最後の一人になってしまったの。その最後の一人がメルカレーナ国にいたユークラストという名の王様よ。彼は魔法に精通していたわ。龍人は子孫になかなか恵まれなくてね。獣人は双方違う種族がつがうと、そのどちらかの種を引き継ぐものだけど龍人は龍人としか子ができないの。だから、彼は自分の番となる人を召喚することにしたの。そして、黒髪の乙女が召喚された」

「あ、あの、絵本の話ですね。私も読んだことがあるんです」

ナナがあの絵本の内容を知っていると聞いて、幸造はびくりとした。

「そう、メルカレーナ国では絵本になっていたのね。——異世界から呼び寄せられたその娘はどんな言語も簡単に操れる賢者だった。ユークラスト王は彼女が運命の番であると一目会った時から確信した。彼らは愛し合って……」

「でも、乙女が突然、異世界に帰ってしまうのですよね！　トルトル様」

焦って幸造は話に割って入った。その話はナナには知られたくなかった。あのページはインクでくっついていたし、ナナは知らないはずだ。トルトルは必死な顔の幸造を見てももう一度その手を撫でた。

「……娘が帰ってしまってユークラスト王も死んだ。最後の龍人をなくして精霊がたくさん泣いて、たくさんの精霊石が出来たの。ユークラスト王の亡骸の上には奇跡の実がなるパラパトの木も出来た。その時の莫大《ばくだい》な恵みで次の王は国を引き継いだ。けれども龍人は一人もいなくなった。その後のメルカレーナの王族は散財する一方で、メルカレーナ国は衰退していった。おかしいでしょ、精霊石を盗られないように国の周りにあんなに高い壁まで作ったのに」

「そして、また召喚を？」

「異世界から何かを落とすという召喚魔法は以前からメルカレーナで頻繁に行われていたの。ユークラスト王は魔法が出来る者をとにかく国に集めていたから。まあ、その話は置いておくわ。多分、幸造はユークラスト王の血を引いているのじゃないかしら。帰された黒髪の娘のお腹にユークラスト王の子がいたなら辻褄《つじつま》があうの」

「俺がその龍人の？　でも、父も母も純粋に日本人でしたよ？」

「何代か前にいるのかもしれない。娘の名は『サチ』でしたよ」

「……あ」

「幸造、知っている名前ですか？」

「知らない……けど、うちの家系、子どもの名前に必ず『幸』って文字をつけるんだ。親父も『幸男《さちお》』って名前だし、そう、教えてもらった。もし、サチが幸せの『幸』という字ならあり得るかもしれない」

「龍の血は龍を呼ぶ。そう言われるから、どこかに残っていたユークラスト王の血を使ってあなたを召喚したかもしれないわ」

「やっぱり、幸造の耳の後ろは鱗《うろこ》なんですよ」

「……」

「違うはずがないのよ、幸造。精霊がこんなに愛するのは龍人の証だもの。きっと、とっても薄まってはいるけれど貴方には龍人の血が流れているわ」

「じゃあ、俺は龍人と賢者の子の子孫？」

「そうなるわね」

「ふー。まあ、そうだとして何も変わらないけれど、ナナの傍にいるのに龍人の末裔だっていう方が都合がいいならそれで良かったと思う」

幸造はナナ、少しだけ幸造が安心するように笑った。

「リリアナ、少しだけ幸造に精霊の話をしたいから、幸造と二人にしてくれないかしら。駄目？」

「え、あ、はい！　じゃあ、私は外で待ってます」

「ポラン、リリアナをお庭に案内してあげて。レミの花が今満開だから」

「はい」

心配そうな顔をしながらナナはポランと呼ばれたメイドに連れられて部屋を出て行った。ナナが完全に部屋を出たのを確認して、トルトルは幸造に声をかけた。

「シャツを開けて見せてくれる？」

トルトルにそういわれて観念し、ゆっくりとシャツのボタンを外した。幸造の胸の小さなほくろが少し大きくなっていた。それをトルトルがゆっくりと撫でる。

「滅びが来ているのね」

トルトルの言葉を聴いて幸造はボタンを留めてシャツを戻した。

「止める方法を今、探しています」

「ユークラスト王たちにも見つけられなかったのよ。だから、ユークラスト王は命を懸けてサチを元の世界に帰したの」

「……」

「メルカレーナ国の魔法使いたちは様々なものを召喚したわ。けれども何一つとしてこの世界には残らなかった。生き物も、物体も。きっと世界を越えてはいけないのよ。サチがユークラスト王の血統を持ち帰れたのは奇跡だったに違いないわ。――貴方は少しだけこちらの世界の要素があるから姿を保つのが長いのかもしれない」

「召喚のことはメルカレーナ国の資料を読んだので知っています。異世界から来たものは、いずれその体の中心に黒い渦が現れて、渦に飲まれて消えていくと。メルカレーナ国の連中は俺を召喚して、いずれ消えることを知っていたんです。だから、早く俺を誰かと結婚させたかった」

「幸造、メルカレーナ国の者なら貴方を元の世界に帰せるかもしれません」

「でも、逆に俺の世界にリリアナは連れていけない。俺一人しか帰れないなら、帰れなくていいんです。ユークラスト王は番を失くして死んだ。運命の番を失くすと獣人は悲しみで死ぬって本当なんですね。俺がいなくなったらリリアナはどうなります？　ここに戻ってこれてリリアナはやっと、幸せに暮らせるようになったのに……」

「それで、リリアナに黙っているのですね」

「知れば、きっとリリアナは俺に日本に帰れっていいます。一緒がいいって、いつも言っているのに、いざとなると俺のことを優先してしまうんです」

「幸造。貴方たちにとっていい方法を考えましょう。きっと神様だってそこまでいじわるではないわよ」

「……また相談してもいいですか？」

「ええ。いつでも。陛下にも伝えておくわ。もちろんリリアナには言わない。一人で怖かったでしょう？」

「……」

「消すことはできないけど、少し遅くはできると思うわ。もう一度触れさせてくれるかしら」

トルトルに言われてもう一度幸造は胸の黒い渦を見せた。その場しのぎでしかないと言いながらトルトルは魔法を施してくれた。「こんなに優しい子にどうしてこんな運命を背負わすのかしら」とトルトルが沈んだ声で言ってくれた。

＊　＊　＊

トルトルのところから帰ってから幸造は本ばかり読んでいる。ダウデッドに機密文書を読むことを許されていて、色々調べているらしい。ナナの契約解除も必ずすると意気込んでいた。ナナの方も結婚式の衣装合わせなんかでロミに連れまわされるので暇ではないのだけれど、幸造に構ってもらえないのは寂しかった。

次の発情期には幸造との赤ちゃんを授かるかもしれない。

そんなことを考えるともう、赤面して枕を抱きしめて足をバタバタしてしまう。幸造が好きすぎて死んでしまうんじゃないかと最近本気で思う。

結婚式は一ヶ月先に決まった。エルバンにもう少し時間をかけたいと言われたけど、幸造が早くしたいといって押し切った。式はナナと幸造が眩暈《めまい》を起こしそうになるほど大規模なものになる。エルバンが言っていた城の一番広い広場を使ってすることになり、何やら大掛かりになりそうだ。ダウデッドは大げさに幸造を龍の末裔と発表するというし、当日どうなるかが怖い。

「ナナ、ちょっとダウデッドのところへ行ってくる。お母さんが来るんだよね？」

「はい。もう来ると思います」

朝食が終わって、もう少しだけまどろみたくて、ゆっくりお茶を飲んでいたナナは幸造のその声で最後の一口を飲み切った。

「今日はどこへ行くの？」

「えと、城下で流行りの雑貨屋さんに行くって。お友達を紹介してもらえるそうです」

「お友達？」

「ウーノの番が私と同じくらいの歳だからって」

「ああ、ウーノの。仲良くなれるといいね。まあ、ナナなら大丈夫だよ。好きなもの買っていいからね」

幸造がそう言ってナナのつむじにちゅっとキスをして、そのまま出ていこうとしたので、慌てて幸造のシャツを摑《つか》んだ。

「おっと。……ん？」

「ちゃんとしてくれなきゃダメです」

ナナが下唇を出してむくれているのを見て幸造が「可愛すぎんだろ～！」と唸った。

「朝から止まらなくなったらどうするんだろうね」

幸造がナナの顔を両手で軽く押さえてニコリと笑う。このキスまでの一呼吸がいつもナナの体温を三度は上げてしまっている。幸造は、幸造で、幸造が、つまり、もうズルい。

目を閉じると幸造の唇がナナの唇の上に降りてくる。さっきまで尖《とが》っていた唇を優しく幸造の唇で挟まれるともう、体が溶けてしまいそうだ。

ちょっとだけ気になって、キスの合間に幸造がどんな顔をしているのだろうと薄目を開けた。でもその愛おしくて仕方ないという顔を見てしまって、体温がさらに三度は上がったのではないかと思った。


「エスタと言います。よろしくお願いします」

「リリアナです！　よろしくお願いします」

ロミが美しい灰色の猫の獣人を連れてきた。短く切った深いグレーの髪がさらさらしていて、若草色の目がこぼれそうに大きい。すっきりとした白のシャツと黒のロングスカートがとても似合っている。ウーノが自慢するのも仕方ないと感心した。

「エスタもリリアナとは昔会っているのよ。また仲良くできたらいいと思って。これから行く雑貨のお店はエスタのご両親のお店なのよ」

「楽しみです。エスタさん、仲良くしてください」

「あ、エスタと呼んで。同じ年だし、小さい頃は仲が良かったのよ」

「じゃあ、エスタ」

「私もリリアナって呼ぶわ」

二人のやり取りを見てロミは大丈夫だと安心したみたいだ。早速三人で馬車に乗り込んだ。

「わあ」

窓から見える景色にナナはまだ慣れない。都会の街並みはキラキラしていて、どこかそっけない。

「リリアナは欲しいものはあるの？」

エスタに尋ねられてもナナは何も浮かばない。ずっと欲しいものを作らなかったナナは困ってしまう。

「幸造に何か選んであげたらどうかしら。ネクタイピンとか」

ロミが助け舟を出す。幸造と聞けば俄然《がぜん》やる気がでる。途端にソワソワしだしたナナを見てロミとエスタは笑った。

「……店？」

馬車から降りると、そこにはナナが想像していた店はなかった。お店、と聞いていたのに大きな建物が口を開けてナナを取り込もうとしているみたいに見えた。

「大きいからびっくりした？」

ロミが手を引いてくれなかったら、足が動かなかったかもしれないほど衝撃を受ける。こんな大きい建物が丸ごとお店だなんて。

「ネクタイピンを見るなら上の階かな。リリアナ、どうする？　って、リリアナ、大丈夫？」

「すごいです。……都会、すごいです」

なんだかんだ言っても女が三人も集まれば楽しいもので、あれこれ買い物しながら店の中を歩き回った。

「これ、かわいい」

食器売場に来たとき、エスタがカップを手にとっていた。赤い果物の絵柄が付いた綺麗《きれい》なカップとソーサーだった。

「買っちゃおうかな」

悩むエスタの隣で、ナナは棚にあるマグカップを見ていた。赤い色で底の部分が素焼きの色のまま残っている。少しごつごつしているけれど、なんだかそれがいい味をだしているように思えた。

「そちらは職人の注文生産のマグカップでカップの裏に名前が入れられるんです」

店員さんに声をかけられてナナは少し跳ねてしまう。

「名前……」

「色もお選びいただけますよ」

そう言われて二人の赤い屋根の家を思い浮かべた。あの木のテーブルの上にこのカップがあって、幸造とナナが向かい合って座って……。

「買います」

「それでは、出来あがり次第お届けいたしますね」

色は赤のままで二人の名前を入れてもらうことにする。出来上がりを想像するとワクワクしてしまった。それから一階まで下りて見て回り、疲れたので三人でお茶をするために、パンケーキがおいしいというお店に向かった。買い物した品物はすべて届けてもらえる。

「すぐそこだから歩いていきましょう。エスタを誘って良かったわ！」

ロミは年頃の娘らしく買い物をしたナナに満足して、エスタが来てくれたことに感謝していた。店を回って「可愛い」と声を上げながら三人で買い物するのは楽しかった。

パンケーキ屋に行く道すがら露天商が並んでいた。その一つに興味を引かれてナナは立ち止まった。

「これは何ですか？」

「香水を入れるペンダントだよ」

質問すると犬の獣人の店主は優しげな笑顔を浮かべて答えた。小さなボトルのついたペンダントが並んでいる。様々な形があって面白い。黒い布の上に所狭しと並べられたそれは、ひとつひとつ犬の獣人の手作りの細工だという。

「獣人に香水の匂いはきついでしょ」

エスタも興味をもったのか店主に尋ねた。

「もともとは違う目的で獣人が作っていたものを人間が香水を入れて使ってたんだよ。もっとも今は何も入れない人の方が多いけれど。ただの飾りだよ」

「獣人は何を入れていたの？」

エスタが興味津々と言った顔で聞くと、犬の獣人は真剣そうな顔を作ってエスタに答えた。

「血さ」

「ええ!?　血!?」

「龍人が生きていたころに、龍人の血を入れていたらしいよ」

「こわっ。どうしてそんなことするの？」

「帰ってきたい場所に龍人の血を垂らしておくと離れてしまっても再びそこに戻れるって言い伝えがあったらしい。迷信だよ」

龍人と聞いてナナが顔を上げた。手にはもうペンダントを一つ握っていた。

「……買います。これ、下さい」

「え、リリアナ?」

ナナが即決で買う。龍人の薄い血ならある。幸造が帰る手立てになるかもしれない。帰ったら幸造に話して調べて見ようと思った。

それからパンケーキ屋で三人はフワフワのケーキを味わって、それぞれの番にも、持ち帰り用のパンケーキをお土産に買った。こんなにフワフワしておいしいのだからきっと幸造もおいしいといってくれるに違いない。

――ナナは幸造を思うと財布の紐《ひも》が緩むことをその日、知った。

＊　　＊　　＊

「ダウデッド、これがメルカレーナ国の資料だ」

幸造はツガーレフの屋敷から持ってきた資料をダウデッドに渡すことにした。幸造が個人的に持っていても仕方ないものだ。

「異世界のものを召喚する方法か」

どさりと資料を机に置くとダウデッドが資料に目を通し始めた。

「メルカレーナ国しか研究していないのか?」

「少なくとも我が国ではしていない。そもそも世界を越えるということに必要性を感じない。リスクが大きすぎると思わないか? こちらの世界を害するものが入り込んできたら？　……まあ、この資料を見る限り、異世界から来たものは、長くこちらに存在できないらしいがな。――幸造、私にも消滅の渦を見せてくれないか？」

「トルトル様に聞いたか。いいよ」

ボタンを外して見せるとダウデッドはしげしげと観察した。

「この渦で帰れたりはしないのか？」

「違うだろうね。サチは魔法陣を書いて異世界に帰っている」

「帰るのは簡単にできるのか？」

「魔法陣は簡単だけど、どうなのかな。実験したって確認できないことだからな。まあ、サチは帰れたんだし、大丈夫じゃないかな」

「だけど、相当負担がかかるだろう？」

「膨大な魔力がいるからね。ユークラスト王でなければサチは帰れなかったかもしれない。距離が長いと相当な魔力がいるみたいだ。異世界渡りじゃなくても龍人はその昔、帰りたい場所にその血で目印を付けたようだよ。そうすると精霊が道案内してくれるけど魔力が大量にいるって何かで読んだ。もし俺が帰るってなったら俺は魔力がないから精霊に相当魔力を借りないと無理だろうな」

「私も魔力ならあるぞ。魔力がいるならいつでも言ってくれ」

「……ありがとう。でも、帰るつもりはない」

「……幸造。しばらく私は城を空ける。これ以上、不幸な者を出さないためにもメルカないでくれ」


レーナ国をつぶす」

「獣人を助けるんだな」

「ようやく手はずが整った。精霊に見捨てられ、王族は腐りきり、再生もできないだろう。人身売買に麻薬、違法魔法取引……この際きっちりと粛清する」

「ナナが世話になった人がいる。その人たちは保護して欲しい。あと、ツガーレフは殺さないでくれ」

「了解した。あとで名前を教えてくれ。しかし、ツガーレフは危険と判断したら命の保証はないぞ。力加減が出来るような相手ではない。他にもメルカレーナ国には魔法使いが沢山いるのだし、油断できない」

「ナナの心臓に契約があるんだ。ツガーレフが死んだら、ナナも命を落とすだろう。心臓の契約はツガーレフなしでは解除できないんだ。なんとかして連れてきて欲しい」

「はっ……あの連中はどこまで命を弄ぶのか。分かった。連れてくればリリアナは救えるのだな」

「ありがとう。お願いします」

「幸造と、リリアナの為になら力を尽くそう」

ダウデッドの頼もしい言葉に幸造は頷《うなず》いた。

＊　＊　＊

一週間、ナナと幸造は部屋から絶対に出ないように言われた。部屋の前にもミッツィの屋敷全体にも厳戒態勢が敷かれていた。

「何かあったのですか？」

「ナナ。あのね。メルカレーナは制圧されたんだ。国王や王族、貴族も誘拐や人身売買、麻薬の取引で断罪された。神殿は解散。ツガーレフも獣人の奴隷契約に加担したとして投獄された。俺とナナはメルカレーナ国に関係する人には接触しない方がいいだろうって、ダウデッドとエルバンに言われている」

「国がなくなったのですか？」

「そうなったようだよ。壁も壊されたらしい。でもナナにリボンをくれた三人は、ダウデッドに名前を言っておいたから保護してもらえてると思うよ」

幸造の言葉で顔を上げる。幸造はナナのことが、どこまでわかっているんだろうか。

「もしも会えたら謝りたいです」

ナナが初めてもらった贈り物の藍色のリボンはボロボロになって空色のポシェットに入ったままだ。それもツガーレフのところへ置いてきてしまっていた。

「ナナ。ダウデッドがね、ツガーレフを捕虜として連れてくるから、ナナの契約を解除しようって言ってた。もちろん俺も一緒に行くけど、我慢できるかな……。ナナの心臓の契約はツガーレフがいないと解除できないんだ」

「……」

　思わずへにょりとなったナナの耳を見た幸造が、心配そうにしている。ツガーレフが死んだら、ナナの心臓も止まる。幸造がそうした方がいいというなら、ツガーレフと会うしかないけれど、ナナにとってツガーレフはもっとも恐ろしい人物だった。

「ごめんね、ナナ。ツガーレフと会わないで契約が解けたらよかったんだけど」

　そう言われて幸造の背中にぺったりとくっついた。きっとこの温もりがあれば頑張れるはずだ。

「幸造。お願いがあります」

「うん。なに？」

「幸造の血をください」

「なにそれ、怖い」

「龍人の血は帰りたい場所に帰れるって言われていて、龍人がいた頃はその血を小さなボトルに入れてお守りにしたそうです」

　そう言って、買ってきたペンダントを幸造に見せた。

「ああ。それね。龍人は自分の帰りたいところに自分の血で目印をつけるんだよ。そうしたら精霊がどんなに離れても場所を教えてくれるから」

「それなら、それなら、私が持ってたら、幸造は私のところへ帰ってこれますか？」

「あのさ、みんなに言ってるんだけど、俺の龍人の血はめっちゃ薄いからね？　そんなに効果ないと思うよ？　それでも欲しい……んだな。いいよ。ナイフ取って」

「ナ、ナイフって⁉」

「指でも切って血を出すから」

　血が欲しいと言ったが幸造の身体を傷つけることに思い至っていなかった。やっぱりやめようかと言い出す前に幸造はもう指の先を切ってボトルに血を入れていた。

「……」

「ナナ、パラパトの実があそこに入ってるから持ってきて。もう、ナナが言い出したんだよ？」

「……はい」

　幸造の指から流れる血を見て泣きそうになったナナは「ごめんなさい」と繰り返した。それでも血の入ったペンダントを受け取ると幸造の一部をもらえたような気になって嬉《うれ》しい。ナナと幸造を繋《つな》ぐ大切なペンダントを両手で包むとその重みが安心を与えた。これでナナの首には、結婚指輪と幸造の血の入ったペンダントがかかることになった。

「ありがとう、幸造」

「どういたしまして」

　ナナがはにかんで笑うと幸造も優しく笑った。

＊　　　＊　　　＊

「一週間も部屋に籠るんだけどさ。ナナ、そろそろじゃないかな」

幸造がそう言うとナナはモジモジした。分かっているのに遠慮して、自分からは言えないナナの代わりに幸造は遠まわしに誘った。

「……」

「そろそろ発情期だよね」

「はい」

「イチャイチャしていたら一週間なんてすぐなんじゃないかな」

幸造がそう言うと、ナナは真っ赤な顔をして膝に置いた手を握った。フルフルと震える白い耳が可愛いくて、幸造はニヤニヤしてしまう。

「幸造とイチャイチャ……したいです」

そうナナが告白するので、くすぐったい気持ちになった。

「子ども、作ろうか」

「……欲しいです。幸造の子ども」

即答するナナが可愛くて。

愛しくて。

ナナを残していなくなろうとしている残酷な自分が——心底憎らしかった。

ベッドに移動すると、どちらからともなく唇が近づく。幸造がナナの唇を舐《な》めるとナナは簡単に口を開いて舌を受け入れてくれる。ナナの少しざらつく舌を絡めるのも気持ちがいい。くちゃくちゃと唾液がまじわる頃にはトロトロの顔をしたナナの出来上がりだ。

「明るいと恥ずかしいです」

「じゃあ、服を着ながらしようか」

ナナが言ったことに乗じてそう、提案する。消滅の渦がある自分の胸をナナに見られるわけにはいかない。今日は外には出ないので二人とも簡単な服装だった。ナナはプリーツの入ったシャツにスカートを穿《は》いていた。

キスをしながらシャツの中に手を入れて胸当てを引き抜く。ふるりと解放された胸はシャツを押し上げた。もう胸の先は尖っていて、シャツの上からもはっきりとその存在を主張している。

「いじって欲しいって言ってる」

乳首が固くなっている自覚があるのか、ナナは顔を真っ赤にした。幸造はシャツのボタンを外して、出てきた胸の先を口に含んだ。乳輪を舌で丁寧に舐め上げると唾液でぬれたそこがテラテラと光って見える。なかなか乳首に触れない幸造を困ったようにナナが見ている。

「コウゾ……」

「どうしたの?」

そのまま親指で乳首の周りを刺激し続けるとナナが観念して小さな声で訴えた。

「ち、ちくび、触って……」

「いいよ」

ナナの訴えを聞いて舌でクニクニと乳首を刺激する。軽く歯で挟むとナナの肩が跳ねた。

「あ、あうっ」

「気持ちいい？」

「キモチい……」

ナナが幸造の右手を両手で取って指をペロペロと舐めだした。赤い小さな舌が懸命に指を舐めている姿はとても官能的だ。

「可愛い、ナナ」

「んあ。コウゾ……キス……してください」

リクエストに応えてナナの柔らかい唇を堪能する。そのまま首筋に舌を這《は》わせるとくすぐったいのか可愛い声が聞こえてくる。

「んひぁっ。ん、んーっ、コウゾ…やあん」

行為の時の舌足らずになるナナの声が好きだ。ナナが幸造の服に手をかけようとするのをやんわりと避ける。「着ながら」と言った幸造の言葉を思い出したようで、ナナの手はボタンに手をかけるのを諦めて、幸造の首の後ろに回った。

キスを深めながらナナの美しい背中のラインを手のひらでなぞる。手が腰の方に下がってくると、ナナの尻尾がその先を強請るように幸造の手を軽く叩いてくる。スカートを膝まで落としてまろやかな尻に手を伸ばす。獣人のショーツがオーバックなのは尻尾があるので当たり前なのだが、とてもいやらしい。特にナナのような清楚《せいそ》な美人が服を脱ぐと……ギャップ萌《も》えだ。尻尾が横にずれてきて、ナナが幸造の指をおねだりしてくる。割れ目に指を這わすとそこはもう潤ってきていた。

「ふあ。ああ。ん」

　愛液でぬれた指でひだをこするとナナの声が艶っぽくなっていく。ショーツを支える紐《ひも》を横にずらして深く指を差し入れると、僅かに腰が浮いて幸造の手がさらに奥を探る。

「んんん、コウゾ……」

　もっと、名前を呼んでほしいと二本挿れた指を出し入れする。ちゅくちゅくと出し入れする音に興奮する。同時に首を舐め上げれば、びくりとナナの体が跳ねて、軽く達したことが分かった。くたりと力が抜けたナナはもうトロトロで、幸造がナナを四つん這いにするのにも抵抗しない。

「コウゾ、好き。すきぃ」

　駆け引きも何もない、真っ直ぐすぎるナナの気持ちが愛おしいと思う。

「俺も愛してるよ」

　後ろから覆いかぶさってカプリと可愛い耳にかじりつくと「ひゃっ」っと短い声が上がる。ナナの胸が重力に従ってゆさゆさと揺れるのを見て両乳首をシャツの上から指で捻るように摑んだ。

「あうぅ。ん、ん、んんーっ！」

ナナがハアハアと息をしながらクタリと体の力を抜いた。十分潤った入り口に幸造は昂《たか》ぶりを押し付け、そのまま侵入する。ナナの白い尻が割り開かれて肉棒が潜り込んでいくのがよく見える。中は熱くて幸造を離すまいと締め付けてきた。

「ナナ。好き。愛してる」

「コウゾ、あい、あいしてる……」

ゆるゆると腰を振り出すと、ナナもそれに合わせて体を揺らした。肉が当たる音と粘りのある水音がする。焼き切れるような快感に、段々と腰の動きが激しくなった。

「ナナ、ナナ、イクよ？」

「うん……、コウゾ、ちょうだい。コウゾの……」

「ナナ、孕《はら》んで。お願い」

「欲し……ああ、ああっつ。い、いっしょ、いっしょにっ」

ナナの最奥を突いて子種を注ぎ込む。最後の一滴まで注ぎ終わると挿入したままナナを抱き込む。ナナは幸造の腕をぎゅっと摑んだ。

「ふぅ、ふうう。ハア、ハアハア」

射精が終わってから、ベッドの上でまどろんでいるとナナの息が上がってきた。どうや

ら発情期がきたらしい。こうなると、ふにゃふにゃになってナナは意識が飛んでしまう。これで自分の胸を見られずに済むだろうと幸造はホッとした。

「コウゾ……すき……」

のしかかってきたナナが幸造の唇を奪うようにキスをする。ピンクの両乳首を人差し指で弾くと幸造の舌に絡んでいた舌が嬌声《きょうせい》を上げるために離れていった。

「ひゃあっ、ん、ん、んっ」

幸造の首の後ろに回っていたナナの手に力がこもる。快感にのけぞるナナの胸にむしゃぶりつくと、ちゅぱちゅぱと舌を出して、ナナにそれを見せつけた。腕に残っていた服を抜いてナナを裸にしていく。透明感のある白い体はとても美しい。

「綺麗だ……」

美しい幸造の番を脳裏に焼き付ける。出来ればこの先も、乱れ、求める美しい姿を誰にも見せたくはない。

「ハア、馬鹿みたいに愛してるよ、ナナ」

恋人に裏切られたことのある幸造は、こんなにも誰かを愛することになるとは思っていなかった。言葉にしてしまうと感情が高まって、目からは涙がこぼれた。

「ん、ハア、ハア……」

「愛してる……」

きっと朦朧《もうろう》としているナナには聞こえていないだろう。大きくナナの足を開いてすぐに繋がった。幸造の精液でグショグショにぬかるんだナナの膣《なか》は喜んで幸造を受け入れた。幸造の動きに合わせてナナが腰を揺らす。水音の他にパンパンと肉のぶつかり合う音がする。

「キモチ、い、……コウゾ……、ハア、ハア」

繋がったままナナの足を揃えて横から角度を変えて突くと、いいところに当たったのかナナの声が一層大きくなった。

「アッ、アアアアッ」

ナナの尻尾が腰に絡みついてくる。すがるように、離さないでと幸造を求める。

「可愛い、ナナ……」

「くううん、あ、ダ、ダメ……抜いちゃ、ヤ」

「今度は後ろからしようか」

一旦、ナナから濡《ぬ》れた肉棒を引き抜くと、ナナをうつぶせにする。心もとなくなったのかナナが幸造を気にしてこちらを見ている。その顔はとろんとしていて紅潮していた。

「自分で広げて見せて？」

分かるかな、と思ったけれど理解したようでナナが自分の手でお尻を摑んで外側に広げる。くぱりとひだが割れてズブズブに濡れたピンクの内壁が幸造を誘うように見えた。

「すぐに埋めてあげるからね」

切なそうにヒクヒクと動くそこに昂ぶりをまた埋める。

「んんんっ」

ナナがシーツを握ってガクガクと体を震わせたので、挿入《い》れた時に達してしまったのかもしれない。ナナの様子を見て、しばらくその体制で待ち、呼吸が整ってきたのを確認してから、ゆっくりと腰を引いた。ナナの膣《なか》が離したくないと幸造を締め付ける。そんな姿も健気で愛おしい。

自分の肉棒をカリのところまで抜くと、またゆっくりとナナの穴に埋めていく。ズブズブと二人から出た体液がかき混ぜられていく。じりじりした行為も頭が焼き切れそうになる程気持ちがいい。

「気持ちいいね、ナナ」

「キモチ、イ……」

「いっぱい、気持ちよくなろうね」

「ん、ん、コウゾ、いっぱい……して」

「うん」

「コウゾ……アカちゃん……ちょうだい」

「うん……」

ナナの言葉にまた幸造の涙腺が緩む。情けなくてごめん、と思いながら幸造は腰をゆるゆると動かし始めた。

もしも幸造がいなくなっても、ナナがこの幸せな生活を手放さないように。

ナナを繋ぎとめて。

やっと幸せになれるナナを。

どうか。

少し上体を起こしたナナの身体に重なるように体を寄せるとナナの頬に自分の頬を寄せた。甘い吐息を吐き、ナナが幸造の名前を何度も呼ぶ。

「コウゾ……コウゾ……」

ナナの身体が喜ぶところは全部知っている。後ろから奥深くを突きながらナナの乳首をコリコリと指で刺激するとキュウキュウと幸造を締め付けた。ずっと尻尾が上がったままのナナが快感で涙をこぼしていた。

「アッ、アッ、アッ！」

「くっ」

ナナが達するのにタイミングを合わせて、腰を叩きつけて最奥に精を放った。

愛しているから、ナナ。

どうか。

どうか。

俺の子を宿して。

それからも幸造は何度も、何度もナナを抱いた。

翻弄されっぱなしのナナは途中で体を洗われたり、食事を口に入れられたりしたのも、朧《おぼろ》げにしか覚えていないだろう。

だから、幸造が自分の胸を見せないようにしていたことにも。

ナナの下腹に手を置いて、願って泣いていたことも。

ナナに気づかれはしなかった。


「もう隠すのも難しくなってきたわね」

メルカレーナ国のことも大体は落ち着いて、幸造とナナの濃密な一週間は終わった。結婚式を数日後に控えて、幸造はトルトルに魔法をかけてもらいに行く。トルトルは胸の消滅の渦の進行を遅らせる魔法をかけてくれる。彼女は時間に関する魔法が得意なのだ。幸造の消滅の渦は、もうビー玉くらいの大きさになっていた。中心は空洞だがその外側はぐるぐると渦を巻いている。

「トルトル様。ありがとう」

シャツを戻して幸造はため息をつく。やはり魔法に関する書物はメルカレーナ国が一番進んでいた。魔法使いを何十人も抱えていたのも、召喚なんて高度なことをしていたの

も、メルカレーナ国だけだ。ユークラスト王がどんなにすごい魔法使いだったか、今ならわかる。彼は番を日本に無事に帰したのだから。

「幸造、頼まれていたものを揃えたよ」

「ありがとう、ダウデッド」

トルトルの部屋でダウデッドと定期的に会っている。ダウデッドはイラリア国の王だが幸造と同じ歳で話しやすい。頭が良くて知識も深いので幸造はダウデッドを頼りにしていたし、ダウデッドも龍人を大切に守るということを抜きにしても、幸造を気に入ってくれているようだった。

「本当に忘却の薬を作るのか？」

「……うん。そして、ダウデッドに後のことを頼みたい」

この世界から消える日までナナの傍にいるつもりでいる。そしてナナに幸造の記憶を消す薬を作る。ナナは幸造がいなくなれば間違いなく死んでしまうからだ。そんなのは、ちっとも幸せじゃない。今回の発情期に子どもが出来ていればいいと思う。けれども異種間は子が出来にくい上に、幸造はさらに子が出来にくい龍人の血が入っている。けれど、もしもナナとの間に子が出来たら、ナナはきっと死ぬという選択はしない。これには確信がある。ナナは子どもを望んでいるし、過去、運命の番の片方が亡くなっても、子がいれば死ななかったというのがほとんどのようだ。

『運命の番』というのは厄介だ。どこかで魂が繫がってしまっている。互いに相性がいいというだけならいいのに、生死がかかわるとややこしい。番を得た後に運命の番に出会ったりすると不幸でしかない。しかも獣人の方にかなり影響がある。幸造もそうだが人間が番の場合、人間側には出会った瞬間分かるような一目ぼれのような感覚も、相手が亡くなったら悲しくて死ぬほどの感覚もないようだ。

幸造が消滅したときにナナに子がいなかったら、ダウデッドに忘却の薬をナナに飲ませて欲しいと頼んだ。そうなったら、ダウデッドとナナはつがうかもしれないが、もともとは婚約者同士だ。ナナがそれを選ぶならそうなっても仕方ない。ダウデッドは幸造が認めるいい男で、何よりナナを多分……好きだと思う。はっきりとナナを頼めないのはダウデッドが獣人で、この先『運命の番』に会う可能性があるからだ。

特定の人物だけの記憶を曖昧にして忘れさせてくれるという忘却の薬は、やはりそんな獣人の為に開発された薬だ。仕上げに龍人の血がいるなんて、なんという皮肉だろう。今は幸造にしか作れない薬。

人魚の涙に、化石の粉。パラパトの実、魔法鳥の羽……ダウデッドが揃えてくれた材料を確認する。

ナナをこの手で幸せにしたかった。こんなことになるなら結婚式も中止にしたかったが、ナナの嬉しそうな顔を見ると、ぎりぎりまで何とか頑張れないかと足掻《あが》いてしまう。

「幸造、ツガーレフと話をしよう」

「俺の消滅の渦のことか？」

「君を召喚したのはきっと彼だ。何か知っているかもしれないし、魔法に関して彼は天才だ」

「ツガーレフは俺が消滅の渦でこの世を去ることなんて、とっくに知っていただろう。早くその日が来ないか願っても、俺に協力なんてしないよ。あの男はナナに執着している。ひどく歪《ゆが》んだ執着だ。もうナナに危害を加えさせたくない」

「ツガーレフはメルカレーナ国で神だと讃《たた》えられる、ユークラスト王の再来だと言われるほどの才能の持ち主なんだ。拘束魔法を私が施そう。自白の薬も使う。だから」

「……わかったよ」

しぶしぶ承諾するとダウデッドがホッとした顔をした。

「幸造が元いた世界に帰る方法ならある。帰るつもりはないのか？」

「ナナを置いては帰らない」

何度聞かれても、揺るがない幸造の言葉を聞いて、ダウデッドがぎゅっと目を瞑《つぶ》った。

「君たちをみていると、憧れていた『運命の番』が恐ろしく感じるよ」

「そうだな。ナナの番が俺なんかで申し訳ないよ。けれど、俺はナナと会えて幸せだと思う。愛し、愛されることがこんなに素晴らしいことだと気づかせてくれたんだ」

「そうか」

その言葉でダウデッドが幸造を眩《まぶ》しそうに見た。それからダウデッドは幸造が少しでも有利に交渉できるようツガーレフとの対面の準備をしてくれた。

「おや、まだ存在していらしたのですね。賢者様」

ツガーレフはメルカレーナ国の神殿から、イラリア国の王城の一室へと身柄を移動させられていた。魔法に精通しているので、魔法が使えないように四隅に結界の張られた部屋に入れられて、両手首と両足首に拘束魔法の枷をつけていた。ダウデッドはツガーレフを警戒して一緒に話を聞くと言ったが、幸造は二人にしてくれと頼んだ。

「やっぱり俺が消滅することを知っていたんだな」

「私の屋敷から資料を持ち出したのだから、貴方も知ったのでしょう？　異世界からの召喚物はこの世界には留まることが出来ない。まあ、あなたがご無事なら、アレもまだ生きているのですね」

「ナナをアレだなんて言うな」

「どういう風の吹き回しでしょうね。私に会いに来るなんて。消滅しない方法でも私に教えて欲しいと聞くつもりですか？」

「知っているのか？」

「私の獣人を返してくれるなら、お教えしますよ。ふふ、ずいぶん口が軽くなる薬ですね。ですが、蛇の青二才ごときの自白剤では、私には効きません」

「ナナはお前のものじゃない」

「悪い話ではないでしょう？　貴方が消滅すればナナは死ぬじゃないですか。『運命の番』

なのですから。今、ナナを返してくださるなら、貴方を異世界に帰しますし、ナナも引き受けます」

「引き受けるって、どうするつもりだ」

「忘却の薬というものがあるのですよ。特定の人を忘れられるという、獣人に伝わる古い薬がね。おや？　知っていましたか？」

「でも、あれは……」

「龍人の血がいるのですよね。ふふふ。賢者様は最後の龍人、ユークラスト王の末裔でしょうけれど。龍人はユークラスト王だけではないでしょう？」

「え」

「もともと数の少なかった龍人は、利用価値が多いために乱獲され、富を得るために殺されました。まあ、殺したりなんかしたら精霊の加護が受けられない上に、精霊に嫌われることが分かってからは、表立ってはそういうことはなくなりましたがね。メルカレーナ国が、神である龍人が絶滅するのをただ見ていただけだと思いますか？　少しでも増やそうとすると思いませんか？　確かに同族同士の方が子はできやすいと言いますが、その他の確率はゼロではないでしょう？」

「まさか？　え？」

「貴方がいい例ではないですか、人間と龍人の間に子が出来るという。私など髪も目の色も龍人そのものですよ？　むしろ貴方より私の方が龍人の末裔だというのにふさわしいのではありませんか？」

「お、お前は龍人だっていうのか？」

すっとツガーレフは袖を引き上げて幸造に肘の上を見せた。少しだけ鱗のようなものがある。

「貴方と同じです。名乗るには血が薄すぎる。その昔、一人だけ龍人の子を身ごもった娘がいたのです。何代かの人間との交配を経て私が産まれた時は大騒ぎだったらしいですよ。先祖返りだ、神の子だと。けれども精霊は私を『愛し子』と呼ぶことはなかった。勝手に周りにガッカリされて、大きくなるまで納得できませんでしたよ。自分が特別でありたいと誰しも思うでしょう？　でもまあ、龍人の事情を知った時からは、精霊に見放されていたことに感謝しましたけどね。だって、そうでしょう？　王家に利用されて土地を潤し、死ぬことで富を生み出す存在なんて、そんな馬鹿な存在にはなりたくない」

「だから、俺を召喚したのか？」

「王の気まぐれですよ。財政も底をついていたし、メルカレーナ国は衰退の一途をたどっていました。ユークラスト王の妻が異世界に戻ったのだとしたら、もしかしてその子供がいるのではないか、と言い出したのです。簡単な召喚は成功していましたから、異世界人を召喚してみろと言われました。貴方を召喚したのは私です。私の血液を使ったのです。くく無駄なことを、と思いましたが、驚いたことに貴方が落ちてきたじゃないですか。くくく。貴方が女性でしたら私の妻にされていたでしょうね」

「ぞっとする」

「そう嫌がらないでください。私と貴方、いったい何が違うのでしょうね。同じ、龍人の血を引いているのに貴方はそんなに精霊に愛されている」

「愛されたかったのか？」

「さあ。どうでしょう？　皆、私のことを愛していると言いましたよ？　醜い鱗を見るまではね。精霊の加護も受けられない龍人の末裔は、ただの獣人なのです」

「だったら獣人に受け入れてもらえばよかったんじゃないか？」

「養い子にも受け入れてもらえないのに？　ナナはずっと私に怯《おび》えていましたよ」

「ナナに愛されたかったのか？」

「……貴方のように？　そうですね。そうかもしれません。ナナが戻ってきたら優しくするつもりですよ。それはもう『番』としてね。傷一つつけさせません」

「ナナをお前に渡すつもりはない。異世界に帰る魔法陣も知っている。忘却の薬は作ったがダウデッドに渡した」

「蛇に？　ナナを？」

ダウデッドと聞いて、よほど嫌なのかツガーレフの眉間にしわが寄った。

「あの二人はもともと婚約者だ。お前にナナを渡すくらいなら、さっさと消滅してダウデッドにナナを頼むのが一番だと分かったよ」

「私がナナに施した契約をお忘れですか？　貴方に解くことはできません。契約者しか解除できないものにしていますからね。内容は把握していますか？　知っているから私を殺さなかったのでしょう？　私が死んだらナナは死にます。ああ。貴方と同じですね」

「同じ？」

「ええ」

「笑わせるな。強制的に死ぬのと番がいなくなって悲しくて死ぬのは違う」

「……」

「舐めてもらっては困る。お前は天才かもしれないが、俺は賢者だ。ナナの契約はお前さえいれば解くことが出来る。お前にはナナは渡さない。もう、話すことはない」

「消滅の渦を止める方法が知りたくないのですか？」

「俺はナナが幸せならそれでいいんだ」

「私が『番』になることに何の不満があるのですか？　この先はナナを大切にすると言っているのに」

「笑わせるな。お前がナナに与えてきたのは『恐怖』だ。何かを分け与えることを知らないお前はナナを幸せにはできない」

　幸造の言葉を聞いてツガーレフの顔は醜く歪んでいた。

幸造はその足で執務室に向かい、心配してくれていたダウデッドに報告した。

「そうだったのか。ツガーレフも龍人の末裔だったのか。精霊がついていなかったから、そうとは思わなかった」

「ごめん。せっかく時間を作ってもらったのに、結局、消滅の渦のことは聞き出せなかった」

「私の自白剤の効きも悪かったのだ。力になれなくてすまない。龍人に関する資料はツガーレフが数年前に処分していたらしい。メルカレーナ国の王が口を割った。――しかし、龍人を増やそうとしていたなんて、メルカレーナ国がやりそうなことだ。精霊に愛されなくて当たり前ではないか？　愛する番との子だからこそ、精霊が祝福するのだろう」

「そういうことなの？」

「幸造は両親に愛されていたのではないか？」

「そ、そうだけど。そ、そうなのかな」

「獣人は愛情深いのだよ。幸造、来週には君たちの結婚式だ」

「……ナナが楽しみにしている」

「その前にリリアナの契約を解除しよう。ツガーレフの声を奪っておく」

「任せたよ」

「明日の午前中に済まそう。リリアナを連れてきてくれ」

「わかった」

ダウデッドと打ち合わせをしてからナナのいる部屋に戻ると、ロミとエルバンが遊びに来ていた。

「幸造！　お帰りなさい！」

ナナがテーブルから飛んできて幸造を出迎える。

「ただいま」

「あのね、お母さんがお菓子をもってきてくれたの。幸造の分もあるから」

「うん。先に手を洗ってくるね。ちょっと待ってて」

そういうと、ナナがテーブルの方へ戻っていく。手を洗いながら隙間からのぞくと、ナナが早く来ないかと、こちらを窺《うかが》いながらソワソワしている。ああ、もう、俺のことが好きすぎだろう、と一瞬、きゅっと目を瞑った。

「ちょうど二人にも聞いて欲しいと思ってたんだ。明日の午前中、ナナをツガーレフのところへ連れていく。ナナ。一緒に行くからね」

「そうか」

「私たちも行っていいかしら？」

「部屋の外なら。あと、ツガーレフは龍人の末裔だった」

三人が「え」っと声を上げた。

「メルカレーナ国で龍人の数を増やすために人間と子供ができないかと試していたらし

い。ツガーレフも俺と同じで龍人の血は薄いと言っていた」

「ダウデッド陛下はそんなこと言っていなかったぞ？　龍人ならわかるはずだろう？　幸造の時みたいに」

「ツガーレフは精霊の愛し子ではないって。ダウデッドは、愛し合って作られた子供じゃないからだって言っていた」

「祝福されていないのか。そんな子供を作るなんて、なんて愚かな」

「ツガーレフが黙っていたところを見ると龍人を神と崇めていても、メルカレーナの人々に龍人が安々と受け入れられていたとは思えないね」

「つくづく滅びてよかったと思える国だな」

　ツガーレフが龍人と聞いてナナは混乱しているようだ。あんなに獣人を見下げていたツガーレフ自身が獣人の血を引いているのだ。何を思って獣人の心臓に契約をしてきたのかと思うと恐ろしいのだろう。黙っていたナナが震える声を出した。

「……どうしてですか？　私は神殿で簡単に鞭《むち》をふるわれていたんです。気に入らないというだけで、ご飯を抜かれたり、冬の寒い日に外に出されて……獣人と人間はそんなに違うというのですか？　罪を背負って生まれたって、聞かされてきました。なのに自分たちの都合の為に、人間と龍人をこ、交配させて⁉　こんなの、おかしい！」

「……そうだね。おかしいね。ナナ」

　ナナがポロポロと泣き始めたので、幸造はナナを後ろから抱きしめた。ナナの感情が少しずつ解放されていく。おかしいと泣くナナが愛おしい。たくさんの愛情をもらって、ナナの精神面も成長してきている。

しゃくりあげ始めたナナを抱えて、オロオロするロミとエルバンに目配せした。二人はまた明日来る、と言って帰っていった。そのままナナをベッドに運ぶと横になって抱っこした。

「ナナ。ツガーレフにナナが取られたものを返してもらおう」

「……取られたもの？」

「ナナの自尊心かな？　えーっと、ナナが自分のことを大切に思う気持ち」

「……一緒に頑張ってくれますか？」

「もちろん」

まだ、精神面の不安定なナナが、ツガーレフに会うのは早いのかもしれない。幸造はギュッと自分の胸あたりのシャツを掴んだ。でも、時間がない。ナナにできることはすべてしておきたい。ナナの頬にキスを贈って、頭を撫でるとナナの耳がへにゃっとなった。耳をくすぐるとナナは頭をぶるりと振ったけれど嫌がっている様子はない。

とにかくナナの契約を解く。

次の朝、ナナに動揺している様子はなかった。幸造はナナと手を繋いでツガーレフがいる城の一室に向かった。

＊　　＊　　＊

幸造と手を繋いだまま、ナナは部屋へと入った。ツガーレフは声を出せないように首輪をはめられていた。ナナの姿を目にとらえたツガーレフは、まるで一秒たりとも逃さないとでもいうようにナナを見ていた。

「ナナ、ここに座って」

契約の解除には二人の心臓に触れる必要があるという。ツガーレフの体温が感じられるほど近くにナナは座った。ツガーレフの手が動こうとするが、拘束されていてそれは叶《かな》わない。幸造はツガーレフの肌に触れるために、衣服を緩めた。胸のボタンを外していくと青白い肌が見えてくる。

「……」

ナナがそれを見て息をのむ。幸造はある程度予想していたようで黙っていた。ツガーレフの胸に少しだけ鱗がある。透明で青い色を帯びている鱗だった。幸造がその胸の上に手を置き、ナナの胸は服の中に手をいれて触れ、契約の解除を行う。

「精霊、お願い」

幸造がそう言うとナナの胸の上に魔法陣が出てきた。ナナの胸から手を引いた幸造はツガーレフの胸に手を置きながら魔法陣を解読して消していく。胸が熱くなるのを感じた。

胸が苦しくなってきたナナだったが、これを我慢しなければツガーレフの契約を解除できないと黙っていた。ぐっと心臓が摑まれているような感覚が続いた。

段々とナナの頭の中は、もやがかかったようになる。体が少し揺れる。

何かが、頭の中に浮かぶ。なにかの映像……。

あれはツガーレフの部屋でよく見せてもらった絵本だ。

光の中からお姫様が現れて、龍が一目見てそのお姫様を好きになる。

龍とお姫様は仲良くなるのだが、ある日お姫様は龍の元からいなくなってしまう。

この次。

この次が思い出せなかった。

グルグルと回る黒い渦がお姫様の胸に描いてある。

龍は泣いている。

お姫様は龍の頭を撫でていて、龍はお姫様を抱きしめて嘆いている。

何かを叫んでいるように。

龍は涙を浮かべて嘆いていた。


「ナナ、終わったよ。頑張ったね」

幸造の声でナナは覚醒した。幸造がナナの額の汗をぬぐってくれた。心臓の感覚が違う。シャツから胸を覗《のぞ》くと魔法陣の気配がなくなり、契約が解けたことが分かった。

「これでもう大丈夫だよ」

幸造に手を引かれて立ち上がる。その時、近くでツガーレフと目が合った。

「……」

「どうしたの？　いこう」

「はい」

幸造の手を握ってナナが歩き出す。

ツガーレフは笑っていた。

ナナの目をじっと見つめて。

笑っていた。

＊　＊　＊

「ふふふ。綺麗になった」

部屋に戻ると幸造はナナの胸を確認した。ナナの心臓にはもう契約はないので、契約の魔法陣も浮かばない。嬉しそうな幸造を見ているとナナも嬉しくなる。――けれど。

ちゅっと幸造が鼻先にキスをして離れていく。そのまま確認するために外したボタンを留めてしまう。ナナが慌てて幸造のシャツを引っ張ってキスを強請ると、仕方ないな、といった感じでキスをくれる。けれども、やんわりと体を離された。

幸せすぎてナナはこの違和感を放置していた。何かがおかしい。

幸造は優しい。ナナにたくさんの種類の愛をくれる。

でも、ここのところ、肌の触れ合いはない。結婚式の支度で忙しいから、ナナも疲れているだろう、と言われていた。ツガーレフのこともある。キスだけでも十分満足だったし、いっぱい抱きしめてもらっていた。

けれど。何か、引っかかる。

忘れていた絵本の場面。

ツガーレフは笑っていた。ナナはツガーレフが言葉を出せなくても、言いたいことがわかる。

――残念でしたね。

目が、そう言っていた。鞭で打たれた日に、ツガーレフの部屋に行くと、痛みを取ってもらえると期待したナナにかかる言葉。

――残念でしたね。お仕置きですから、そのまま我慢しましょうね。

ナナを嘲笑うときの表情だった。

「幸造、ここにあった絵本の原画は？」

「え？」

「ほら、ツガーレフのところから持ってきた絵本の原画です」

「ああ。ダウデッドのところへ持って行ったんだ。それがどうしたの？」

「あ、いえ。小さいころよく見ていたから、ちょっと懐かしかっただけです」

「ふふ、ナナがツガーレフを呼び捨てしているのを聞けるとは」

幸造はナナの小さな変化に嬉しそうに言った。

「幸造、今日もトルトル様のところへ行ってきたのですか？」

ナナは食べ終わった夕食の食器をカートに乗せながら聞いた。幸造は食後のお茶を入れてくれている。

「ああ。うん。明後日の結婚式の報告とかしてきた。ナナはロミと打ち合わせがあったでしょ」

「私もトルトル様のところへ一緒に行きたいです」

「じゃあ、次は一緒に行こうね。トルトル様も喜ぶよ」

「はい。幸造、結婚の契約は何にしますか？」

「ああ、そうか。決めておかないとね。でも、エルバンに聞いたら、大体、皆『永遠に互いを愛します』にしているらしいよ。それで、いいんじゃないのかな？　俺はナナに精霊の加護が付けばそれでいいけど、ほかに決めることなんかあるかな？」

「幸造、結婚は大事な契約なんですよ？　内容が重要なんですから」

「ナナは契約したいことがあるの？」

「えーっと、絶対毎日、一緒に寝たいです」

「え。ちょっと。この先、家族とかできたらそれはどうなの？　ナナと寝るのが嫌なわけじゃないけど、むしろ大歓迎だけど、絶対毎日とか決めない方がよくない？　しかもそれ、ナナにとって契約するほど大事なことなの？」

「幸造と眠るのは私にとって、とても大事なことです」

真剣な顔で談判するのに、幸造は呆《あき》れ顔だ。

「うんうん。それは分かったから契約は別にしようね。『永遠にお互いを愛す』なら一緒に寝たりすることなんて簡単なんだから」

「そうかもしれませんけど……」

「うーんじゃ、『お互いを大切にする』にするとか、どう？」

「えっ。永遠と愛よりランクが落ちた気がします」

「ランクってなに？　俺はそんな気はしないけど。じゃあ、やっぱり『永遠に愛す』でいいでしょ」

「そうですけど。そうですけど！　なんか、こう！　盛り込みたいんです」

「何を盛り込むの」

「ええと。幸造への私の想いはそんなものじゃないって、ことです」

「いきなりナナが告白し始めた」

「でもでも、『じゃあ』とか『いいんじゃないか』とかは嫌なんです」

「……あ、そういうことか。ごめんね、ナナ」

腑《ふ》に落ちたと幸造はナナの頭をワッシャワッシャと乱暴に撫でた。そして幸造は椅子から降りてナナの方を向いて床に正座をした。ナナも慌ててそれに習って正座した。近づきすぎて向かい合わせの二人の膝が当たっている。

「柳本幸造はナナを一生かけて愛することを誓います」

「な、ナナも幸造を一生かけて愛することを誓います」

二人が誓い合うと、光の粒が集まってきてナナの周りをグルグルと回った。

「あれ？　これ軽く、結婚式前に契約しちゃったかな」

「ええ？」

「まあ、いいか。ナナがちゃんと俺に宣言してほしいのかと思って言ったんだけど」

「な、なんか得してしまいました」

結果、幸造に愛の告白をもらってホクホクのナナは顔が熱い。

「で、結局どうしようか」

「もう、『お互いに永遠の愛を誓う』で、いいです！」

「さっきと言っていたことが違うじゃない」

幸造はそんなナナの様子に笑っていた。

ナナと幸造の部屋の応接間にウエディングドレスとタキシードがかけられている。いよいよ明後日、幸造と結婚式を挙げる。その夜、ナナは幸造にお酒を勧めた。幸造は断ったけれど、寝る前に少しだけ、エルバンにもらったから、と言って押し切った。幸造はナナがわがままを言うと嬉しそうに笑う。

「幸造、最近顔色が悪いと思います」

いつものように、後ろから抱っこされたまま、ナナはそうつぶやく。幸造からお酒の匂いがした。

「そりゃ、あんなに大規模な結婚式控えてればそうなるよ」

「……」

「心配してくれてありがとう。奥さん」

ギュッと抱きしめられて嬉しい。しかも「奥さん」とか言うのがズルい。

その日はいつもより早く、幸造の寝息が聞こえた。幸造はいつもナナより遅く寝てナナより早く起きていた。

フーッとナナは深く息を吐いた。

ゆっくりと体を幸造の方に向ける。起こさないように方向転換したナナは、今度は幸造のパジャマのボタンを上から外していった。下にシャツも着ている。そのシャツをまくって、その下からまた布が出てくると、もう、ナナの目には涙がにじんでいた。

「ふ」

包帯のような布を外していく。幸造はどんな言い訳を考えていたのだろう。

「ふ、ぅ」

最後に貼られたガーゼを取ると幸造の胸に黒いものが見えた。ナナの指は震えていて、視界は揺れていた。

「ふううっ」

幸造の心臓の上に黒い渦がある。

渦がグルグルと回っている。

あの絵本の賢者であるお姫様と同じように。

＊　＊　＊

「ああ。来てくれると思っていましたよ」

のろのろとその部屋に入った。ナナからツガーレフのところへ行くことは簡単だった。見張りの衛兵には申し訳なかったが、少し眠ってもらった。小さいころから色々と訓練をして魔獣を殺してきたのだ。こういうことだけは、しっかり教育を受けていた。

「貴方の『運命の番』の胸には消滅の渦がありましたか？」

さも楽しそうにツガーレフが言った。ふふふ、と堪え切れずに笑っている。

「――あれがあると幸造は死んでしまうのですか？」

心が死んだような気持ちになったナナは、ツガーレフに問う。

「消える。というのが正解でしょうね。この世界のものでないものは、ずっとは留まれないのですよ。絵本でユークラスト王のお話は何度も見ていたでしょう？　あの渦が大きくなって、この世界のものでないものは、飲み込まれて消えてしまうんですよ。だからユークラスト王も自分の『運命の番』を元の世界に帰したのです」

「幸造を元の世界に帰せますか？」

「ええ。もちろん帰せますよ――お前が私の元に戻ってくるならね」

「……どうやったら帰せるのですか？」

「ふふ。疑うんですか。いいでしょう。片手の枷を外しなさい。魔法陣を書いてあげましょう。ああ、この部屋の魔法封じも切ってくださいよ。部屋の四隅にあるでしょう」

ツガーレフの右手の枷を外すと部屋の四隅にある魔法封じの術を解除した。ツガーレフは床に召喚の魔法陣を書き始める。

「ここに、私の血を垂らせばいい」

ツガーレフがナナに手首を向ける。ナナは爪を出してそこをひっかいた。

ポタリ。

魔法陣の上にツガーレフの血が落ちた。

「これはね。生まれた場所に帰る魔法陣なのです。本当かどうか、ご自分で試して見ればいかがですか？」

ツガーレフは、さっと自分に治癒魔法をかけて傷を治すと、ナナにそう提案した。

「ここに入ればいいのですか？」

「ええ。貴方はこの王城で生まれたと聞いていますから、医務室に出るでしょう」

ツガーレフはナナが足を踏み入れようとするのをじっと見ていた。

「駄目だ‼　王城で生まれたなんて作り話だ」

そこで、ナナの足を止める声がした。

「幸造？」

「勝手にいなくならないでくれ！」

後ろを振り向くと幸造がいた。慌てて服を直したのか、胸のボタンが二つしか留まっていなかった。

「おやおや。賢者様がお見えだ」

ツガーレフは楽しそうに幸造に声をかけた。

幸造はずかずかと近づいてきて、ナナを魔法陣から遠ざけるように体を引き寄せた。

「幸造、帰らないと、日本に帰らないと幸造は消えてしまいます」

「賢者様、貴方を異世界に帰すために、ナナは私のところへ戻るそうですよ？　良かったですね。愛されていて」

「ああ。愛されているさ、そうやって、脅さないとナナが手に入らないお前と違ってな！」

「ナナ。さあ、来なさい。そこに賢者様を入れてあげなさい。そうしたら賢者様は帰れるんです」

「いいんだ、ナナ。帰らなくても。……え？」

ナナの肩をつかんでいた幸造の手の力が緩んだ。その声でナナが幸造を見ると服の上からでもわかるほど胸の渦が大きくなっていた。

「魔法陣と共鳴してるのでしょうか？　あらあら……早くしないと消滅してしまいますよ？」

「こ、幸造……」

「その渦を止める方法をお教えしましょうか？　同じ龍人の私にあって、貴方にないもの。この世界の者であるという証が必要なのですよ。龍の体にはね、燃やしても燃えない龍魂というものがあるのです。それさえ手に入れれば貴方は消えなくて済むんです」

「龍魂？」

「アハハハ……すみません、貴方には手に入れようもないものでしたね！」

「かはっ」

胸の渦が目に見えて大きくなっていって苦しいのか幸造が膝をついた。

「さあ、ナナ。おいで」

足がツガーレフの方へ向く。契約が解除されていても、長年ナナはツガーレフの精神的支配下にあった。魔法陣を書いてもらった負い目もあって、ナナはツガーレフに従うしかないと思った。

「ナ、ナ……！」

「幸造……」

幸造の胸の渦が手のひらほど大きくなった時、ナナはツガーレフの足元にひざまずいた。

「ツガーレフ、お願い。幸造を日本へ帰して」

ツガーレフは驚きでぱちぱちと瞬きをした。今まで、ナナはツガーレフにこんな風に懇願したことなどなかった。ナナはツガーレフの支配下にある者であって、同等ではありえなかったからだ。

「お願いするというのですか？　わたしに……？」

ツガーレフがナナを見る。ナナは震えながらも頷いた。

「やめろ……ナナッ」

ナナを危険に晒《さら》さないように幸造が胸を押さえながら叫んだ。その姿を見て顔を歪めたツガーレフは幸造に声を荒げた。

「やめろ、だと？　馬鹿にするな！　私にだって番に分け与えられるものがある！」

憎い幸造の体を摑んだツガーレフは、幸造と一緒に魔法陣へと消えていった。

八章　賢者様は探し物を持ち帰る

ドスン、と落ちた衝撃に幸造はしばらく耐えた。これで二回目だ。

「イテテ……。ツガーレフ？」

床にぶつけた右肩が痛かった。幸造は左手で肩をさすりながら一緒に落ちてきてしまった男の方を見た。

「え……」

そこにツガーレフがいた。しかし、見る見る間に黒い渦がツガーレフを包み込んでしまっていた。延ばした手も虚しく三回も瞬きをしないうちにツガーレフは消えていった。

「嘘《うそ》だろ……」

そこには、何も。ない。

「うわあああああ」

メルカレーナ国の異世界召喚の実験記録には、召喚されたものは黒い渦に巻き込まれて消える、と書いてあった。幸造は異世界渡りの恐ろしさを目の当たりにして、ガタガタと震えた。

ツガーレフはきっと知っていた。

この世界に落ちたら即、自分の存在が抹消されることを。異世界召喚の実験記録をこと細かく残していたのは魔法使いたちで、それを指示していたのはツガーレフだ。召喚したものの滞在時間は、落ちた世界への影響度か、危険度で決まっていたのではないか、と予想されていた。異世界の人間は魔力を持っていない。だから少しの間は存在できたのではないか、と報告書にも書かれていた。召喚してもすぐに消えるものと、長時間存在するものがあって、なにが基準だなんて、それこそ異世界の神様くらいしかわからないことだった。

幸造を日本に帰すにはユークラスト王の再来と呼ばれたツガーレフでも一年くらい寝込むほどの魔力が必要だった。しかも、異世界渡りをすれば死ぬことを知っていながら、ツガーレフは幸造を連れて魔法陣に飛び込んだ。

神殿で虐げられて、洗脳されて、搾取され続けたナナ。しかし、それはツガーレフも同じだったのではないだろうか。あんなに容姿端麗で頭脳明晰《めいせき》だったのに、神殿から抜け出せなかったのは、幼いころからの洗脳と、魔法使いたちにそれとなく監視されていたからだろう。

きっとツガーレフは無意識にナナと自分を重ねていたに違いない。歪《ゆが》んだ愛情だっただろう。聞けばナナは鞭《むち》を打たれても、治癒魔法をなかなか施してもらえなかった、と言っていた。ナナを傷つけて、つらい境遇を作って、ナナに共感して欲しかったのかもしれない。

そうやって自分でも気づかないうちに、ナナに依存していたのではないだろうか。なのに、自己投影ともいえるナナが『運命の番《つがい》』を見つけて、幸せそうにしていたのだから、許せるはずもない。

――私にだって番に分け与えられるものがある！

最期に聞いた言葉は、幸造が以前、ツガーレフに投げた言葉に対する答えだった。きっとツガーレフはナナを『番』だと思い込んでいた。

――ツガーレフ、お願い。幸造を日本へ帰して。

ナナはそう、ツガーレフにお願いした。駆け引きもない純粋な願いだった。『番』の願いなら何でも叶《かな》えてやりたいと思うのは、薄まってはいても龍人の血が混じる者の性《さが》だったのかもしれない。

「くそっ。嫌いだったよ。死んでほしいって、思ってたけどさ。こんな終わり方を望んでいたんじゃない」

胸にはもう黒い渦はなかった。幸造はツガーレフが消えた場所をただ見つめていた。

ムズムズする鼻を擦って立ち上がる。辺りを見渡すと埃《ほこり》っぽい部屋だった。大きな器具にシートがかけてあって、そこにも埃がかぶっていた。幸造はツガーレフとナナの会話を思い出した。たしか、魔法陣の座標を「生まれた場所」にしたと言っていた。幸造の生まれた場所は市の総合病院だ。けれど、それは幸造が小学生の時に閉鎖されていた。

「嘘、じゃあ、ここ、廃墟《はいきょ》の病院の分娩《ぶんべん》室じゃないの？」

幸造は青ざめる。高校生の時には心霊スポットとして雑誌にも掲載されたような場所だ。窓の外が明るくなり始めていなければ、泣きながら叫んだかもしれなかった。

とりあえず、家に帰ろうと動いた。記憶が正しければ三十分も歩けば両親と暮らしたマンションに帰れるだろう。

「ん？」

ふらりと立ち上がって、体についた埃を払った。すると肩に何かが乗っていた。

「ぎゃあああああ！　おば、おば、おばけぇぇぇ……」

恐怖に声にならない声を上げる。恐る恐る目線だけ横に動かすと、そこには精霊がいた。ぽわぽわと丸い大福みたいな、見た目も異世界で見ていたものと同じだった。

「まさか？　あっちからついてきちゃったの？　異世界渡りしても、消えないの？」

――むかえにきたの

「迎えにきた……」

精霊も異世界のものなのに消えないのか、と不思議だったが、悩んでいても仕方ないのでドアを開けて外に踏み出した。異世界の服を着ていたので、いつそれが消えてしまうのか気が気でなかった。出来れば人けの少ないうちに家に帰りたい。どこの劇団員だ、という恰好《かっこう》なのだ。

「えっ！」

一歩、外に出て、思わず声を出してしまった。そこには今まで見えていなかった世界が広がっていたからだ。

「嘘、だろ……」

驚くのも無理はなかった。あらゆるところに精霊がいたのだ。

「異世界を渡ったからか？」

幸造が外に出た途端、わらわらと光の粒が集まってきた。今まで見られなかっただけで、こっちの世界にも精霊がいたということなのだろう。

——おかえり、いとしご
——おかえり、コウゾ
精霊たちは幸造を温かく迎えた。

「ああ。うん。ただいま。でも、俺、大事な人を置いてきちゃったんだよ……」

言葉に出すと幸造は泣きたくなった。ナナは自分の命も顧みないで、幸造を日本に帰した。あんなに恐怖を植え付けられたツガーレフに、幸造を帰すことをお願いするのは、ナナにとって大変なことだったに違いない。そして、ツガーレフもそのせいで消滅した。二人に命を懸けさせて、生き残った幸造が易々と泣いてはいけない。

ナ

「くそっ」

思うように歩いてくれない自分の足を、片手で叩《たた》きながら前に出した。足が重くて、つらい。両親が亡くなったと聞かされた時も、胸がこんな風に重かった。久しぶりの舗装された道を歩くと、おかしな感じがした。どうやら異世界はずいぶん幸造の身体に馴染《なじ》んでいたようだ。

「ああ、くそっ」

ちっとも前に進まない自分の身体に嫌気がさしていると幸造を慰めるように精霊が集まってきた。

――コウゾ、なくな

――コウゾ、なくな

「泣かないっての」

悪態をついても、幸造の心は重いままだ。後のことはダウデッドに頼んである。きっとダウデッドは幸造が頼んだとおりにナナに忘却の薬を飲ませてくれるだろう。

けれど。

記憶のなくなったナナが幸造のいなくなった世界でめいっぱい笑うことなんてできな

い。ナナは『運命の番』を手に入れて、そして失くしているのだから。せめて子どもが出来ていれば、と思ったがトルトルに見てもらっても着床した可能性はなかった。あんなに願ったのに、やっぱり龍人の血が入った幸造では簡単なことではなかった。

　ポタポタと目から涙が落ちた。

「くそっ」

　幸せになりたかった。ナナと二人で。ただ、一緒にいられるだけでよかったのに。幸造の願いは、そんなに大それたものだったのだろうか。結局、ナナを幸せに出来ず、ナナに助けてもらった幸造は、自分が情けなくて仕方がなかった。

「足を前にだせよ、柳本幸造！」

　右、左、右、左だ。と自分の足に叱咤《しった》する。簡単なことのはずなのに、思うように体が動かない。あんなに帰りたかった日本なのに、帰りたいのは『ナナのところ』なのだと今さらながら思い知るのだ。

　日が完全に昇って、やっとたどり着いた自宅のポストには、チラシがいっぱい詰まっていた。幸造は自分の家についたというのにドアの前にしゃがみこんだ。

「鍵……。嘘だろ。入れない……。スマホもないし。財布もない」

　ドアの前で、泣きはらした変な恰好した男。通報されてもおかしくない状況だったが、幸造はもう一歩たりとも歩きたくない気分だった。その時、ジッと幸造を見守っていた精霊が動いた。

——コウゾ、あける？

——コウゾ、あけてあげる
「へっ⁉」

かちゃん
頭の上からロックが解除される音がした。どうやら中に入った精霊が内側から鍵を開けてくれたようだった。

「ちょ、精霊……」

風が下から強く吹いて体が持ち上げられた。そうやって立つことを助けられて、ドアを開けると僅かな線香の香りを感じた。

「日付、どうなっている。あっちにいたの、一年くらいかな？　いや、濃かったけど半年か」

窓を開けると精霊が室内の空気を入れ替えてくれる。テレビをつけてみると、朝から若手俳優の熱愛報道が流れていた。

「はは。どーでもいいや、ゲホゲホ……」

勢いよくソファに座ると埃が舞った。幸造が咳《せ》き込むと精霊が窓を開けて、室内の埃を飛ばしてくれた。

「君たちって俺の世話を焼くのが大好きだよね……」

幸造が言うと精霊は嬉《うれ》しそうに、周りをくるくると回っていた。体の力が抜けて、ソファに体を沈めると、目を閉じた。

日本に帰って来られた。幸造もナナも死なずには済んだ。けれども、ちっとも幸せではなかった。いつだって望んだのはナナの笑顔だったからだ。

だらりと幸造の腕がソファから落ちた。ナナがいない世界なんて、なんの価値もない。ツガーレフのように消えてしまう運命だったとしても、ナナの傍にいたかった。心が空っぽになった幸造は体を動かすことも億劫《おっくう》になってクッションに顔を埋めた。

ピンポーン
ピンポーン
そのまま眠ってしまった幸造が時計を確認すると、もう午後三時だった。置き場所の変わらない時計を見て、そう言えば戻ってきたのだと実感した。デジタル時計は中学生の時に自分で買ったものだ。ちゃんと動いていたようで日付は土曜日になっていた。
鳴りやまないインターフォンを確認するために、ゆっくりとソファから立ち上がってカメラ画面をのぞき込んだ。そこには意外な人物が立っている。幸造はいそいで服を着替えてその人物を迎えた。
「はい」

「幸造？　幸造なの？」

「とりあえず、開けるから」

ドアを開けると、そこには元婚約者の伊豆津麻友《いずつまゆ》が立っていた。

「幸造、貴方、今までどこに行っていたの？　会社もずっと無断欠勤。私、心配して何度もここに来たのよ？　そしたら、今日は窓が開いていたから、まさかと思って……」

「ちょっと、俺も聞きたいことがあるんだけど、いいか」

「いいけど」

「誓って変なことはしないから上がっていってくれ」

「別に気にしないよ」

幸造と麻友は同じ会社の同期だ。異世界にいた間、こちらの世界がどうなっていたのか気になったので、麻友に色々と聞き出した。大体、時間の流れは同じだったみたいで、異世界に行って、一年くらい経っていたことが分かった。課長が幸造をクビにしないよう掛け合ってくれて、数ヶ月は休職扱いにしてくれていたが、連絡がないので、先月くらいに退職扱いになったらしい。

「結局、どこで何してたの？　顔色が悪いようだけど……」

「気にかけてくれてありがとう。ちょっと自分探しの旅？」

「まさか……自分で雲隠れしてたの？　事件に巻き込まれたとかでなくて良かったけど会社にはちゃんと連絡した方がいいよ」

「わかった」

じっと麻友を見る。こんな顔をしていたかな、と思ってしまった。結婚しようと思っていた女性。会社の同期会で仲良くなって、二年付き合った。フワフワした茶色い髪。小さな顔。くりっとした目が可愛いと思っていたのに、今はなんの感情も浮かばなかった。

「気にかけてくれていたのは嬉しいけど、何か用だった？」

「そんな、ひどい。心配したんだよ？　もしかして、私のせいかと思って」

麻友が媚《こ》びるように上目遣いをした。麻友の後ろから黒いモヤモヤしたものが見えていて、それが何か良くないものに見えた。

「麻友のせいとかじゃない」

そう言い切ってから、一年前のことを思い出していた。結婚すると紹介した直後、親が急に事故に遭って亡くなって、当然、麻友との結婚は延期になった。親が死んだショックのさなかに莫大《ばくだい》な保険金を受け取ったことを知られ、連日金を融資してほしいと日参してくる、遠縁すぎる親戚たちの多さに辟易《へきえき》した。心労で食事も取れなくなったときに、献身的に幸造の世話をしてくれたのは麻友だ――それだけなら感動する話だが、麻友は信頼して渡していた貯金通帳からお金をおろして使い込んでいた。

「そういえば、まだあの会社で働いているの？」

「――うん。まだ働いてる」

「あのさ。俺の親の金使って行った、豪遊旅行の先で出会った御曹司と、結婚するんじゃなかったのか？」

麻友と別れた最大の理由も思い出す。麻友は我が物顔で、幸造の通帳からおろしたお金で旅行に行っていた。ずっと落ち込んでいた幸造の世話は大変だっただろうし、気晴らしも必要だったと思うのでそれは問題ない。けれども旅先で浮気したのは許せなかった。

「そんな言い方しなくても……結婚はしてない」

「子供は？　子供が出来たから結婚するって言ってたよね？」

「……ごめん。あれ、嘘。そう言わないと相手が結婚してくれないと思ったから。あの、あのね？　やっぱり、私、分かったの。幸造が一番私のこと大事にしてくれたんだって……」

ピンポーン
ピンポーン
そこで、またインターフォンが鳴った。幸造が画面を確認すると、今度は海外にいるはずの親友の新崎翔《にいさきしょう》の姿が映っていた。慌ててドアを開けると相変わらずの茶髪を遊ばせたおしゃれなイケメンが立っていた。

「翔、帰ってきてたの？」

「幸造、今までどこに行っていたんだ⁉　散々探したんだぞ！　お前が落ち込んでいるときに日本にいられなくて、本当に申し訳ないことをした！　でも、もうこっちに帰ってきたから！」

翔は高校の時に、この家で一緒に暮らしていた時期もある親友である。就職してから海外にいたのだが、両親の事故を知った時も、わざわざ時間もないのに、アメリカから葬式の為だけに一時帰国して参列してくれた。そんな、家族も同然の人物だ。翔は慣れたようすで家に上がると、テーブルに座っていた麻友を見つけて声を上げた。

「あー‼　なんでいるんだよ！　このネコババ、浮気女！」

とても的確過ぎて、何とも言えないあだ名で呼ばれる麻友。一瞬、綺麗《きれい》な顔をした翔に目を奪われたようだが、すぐに失礼な呼び名に反応して、眉間にしわを寄せていた。

「何ですって⁉」

麻友の後ろの黒いモヤモヤが大きくなっていた。嫌な感じしかしない幸造は精霊にそれを相談してみた。

「精霊、あの黒いモヤモヤ消せる？」

――くろいの？

――やだぁ

――いいよ、いいよ

周りにいた精霊がガヤガヤと言いながら、麻友のモヤモヤを消してくれた。

バチィッ！

何か電流のようなものが麻友の体を突き抜けたようだ。ふらりと倒れる麻友を幸造はソファに寝かせた。大丈夫なんだろうかと呼吸を確認すると、ちゃんと息をしていた。

「ちょ、何が起きたの？　死んだ？」

「死なないよ。大丈夫、息はしてるから。ちょっと寝かしておこう」

「まあ、俺はネコババ女がどうなろうと、気にしないけどな。てか、ずっと、どこ行ってたんだよ」

「翔、アメリカから帰ってきてたの？」

「先月にな。SNSも連絡つかなくなって、おかしいって思ってたら幸造、いなくなってるし。ここにはたまに寄って、チラシとかは取ってたんだ。今日、ポストが綺麗になってたからびっくりして急いできたんだよ」

「心配かけて、ごめんな」

「で、幸造、どうしたんだよ。また親父さんたちがいなくなった時みたいな顔になってんぞ。まさか、この女とどうにかなってたのか？」

「違うよ。麻友も俺がいなくなっていたのを気にかけてくれてたみたい」

「どうすんの、この女。優しいこと言って、警察に突き出さなかったから、調子こいて、こうやって来てるんじゃないの？　どうせ幸造の金目当てだろうよ」

「全部が全部、悪かったとは思ってないけどね。でも、麻友とどうこうなることはないよ。俺、嫁がいるんだ」

「え？　いなくなっていた間に結婚したのか？」

「うん。あのさ。自分でも信じられない話だけど聞いてくれるか？」

「もちろん。でも、その女、どうにかしてからだな」

「確かに……」

　スヤスヤとソファで寝ている麻友を見て幸造たちはため息をついた。

「ごめんなさい。幸造とやりなおしたいって、思ってたけど、そんな都合の良いこと考えていて恥ずかしいよ。でも、幸造が失踪して、心配していたのは本当なの」

　しばらくして目が覚めた麻友の後ろからは、黒いモヤモヤは消えていた。

「うん。心配してくれてありがとう。麻友。俺、結婚したんだ。今、世界一愛している嫁がいる」

「……そうなんだ」

「二度と幸造に近づくなよ」

　そんな会話をしていると翔が麻友に噛《か》みつくように言った。翔は彼女との事情を知っているだけに麻友の印象が相当悪いのは仕方ない。

「翔。いいよ。なんか、麻友にも悪いものが憑《つ》いていたのかも」

「へ？」

「急にすっきりした気がする。私、どうして……」

　――くろいのねー
　――わるいのねー

「なんか麻友の後ろに黒いのが憑いていたんだよ。もう払ったから、これからは真っ当に生きろ」

「う、うん。え？　幸造って、なんか、そういう悟り的な旅をしていたの？」

「まあ、そのようなもんだ」

「おい、お前、そんなこと言って逃げるつもりじゃないだろうな。幸造に金返せよ」

「……はい」

「翔、いいんだよ。麻友。お金はいらない。でも、もう会わない」

「幸造……」

「麻友も幸せになって。じゃあ」

「うん。ごめんね」

麻友は黒いモヤモヤがなくなって、晴々した顔をして帰っていった。そんな麻友を快く見送ったが、隣に立っていた翔は不貞腐れていた。

「幸造、いいのかよ。あいつ、三百万くらい使い込んだんだろ!?　その上で御曹司に乗り換えて、幸造のこと捨てたんだからな！　ひどい女だ！」

「翔、俺さ。あの時、麻友がいなかったら死んでいたかもしれない。お金のことは残念だけど、かなり滅入ってたから、俺の世話をするのは並大抵の精神じゃなかったと思うんだ。慰謝料だと思ったら高くないよ」

「あの時……俺は幸造の傍には、いられなかったからな。幸造がそう言うならいいけど……ほんと、ずうずうしい」

「俺さ、今日、麻友と会って分かったことがある」

「え？」

「俺、めっちゃ、嫁に会いたい」

「会えないの？」

「うん。訳あって離れ離れになった。俺、麻友のことすごく好きだったけど、誰かに渡したくないって、命に代えても好きだって、思ったことなかった」

「そっか」

翔に今まであったことを話した。異世界なんて到底あり得ない話をしたのに、最後まで口を挟むこともなく、時折メモまで取って聞いてくれた。

「幸造の嫁は幸造のことが大好きなんだな」

「うん。俺、消えてもいいから帰りたい。もう一度、ナナに会わないと死んでも死にきれない」

「『龍魂』か。それがあればいいのか。あのさ、幸造、日本には結構、龍にまつわる話ってあるよな？　あれってさ、根も葉もないことなのかな？　実際にこうやって体験しているなら、何らかの形で繋《つな》がっていても、おかしいことはないんじゃないか？　だって、精霊はどっちの世界にもいるんだろ？」

「……そうかも」

「もしかしたら、こっちに存在するかもしれないんじゃないか？　『龍魂』が。異世界の人間が少しの間でも、その世界にいられたのは、幸造みたいに龍の血が入ってるのが、こっちにいるんじゃない？」

「そうかも‼　翔、俺、なんか希望が湧いてきた！」

「よし、そういうことで、幸造、とりあえず、おじさんたちに挨拶させてくれ」

「俺も、なんだかんだで忘れてた！」

幸造たちは互いに向かい合って笑った。

「よし、帰る。ナナの元へ。『龍魂』手に入れて。だってこんなの、ちっともハッピーエンドじゃないじゃないか！」

そう叫ぶと翔が「そうだ、そうだ」と合いの手を入れた。閉じられていた仏壇を開いて幸造と翔は並んで正座をした。一年家を空けていたせいか、線香になかなか火が付かなかったが、そこは精霊に頼んだ。精霊が目の前にいると言うと、翔は目をまるくして驚いていた。

仏壇の前で、最後まで諦めないことを両親に誓った。何としてでも『龍魂』を見つけて、この手でナナを幸せにするのだ。もう一度、異世界へ渡り、もうここへは帰ってこない。親不孝な息子を許して欲しいと頭を下げた。

「ところで翔はどこに住んでるんだ？」

「先月帰ってきたとこで、ウィークリーマンションにいる。この家の近くに借りようと思ってるよ」

「もしかして、日本に帰ってきたのって、俺が失踪したせいか？　それに、麻友の使い込みのことは話してない。知ってたってことは調べた？」

「柳本家は俺の第二の家族だ。施設出の俺の保証人になってくれたり、世話を焼いてくれたのは柳本家だからな。なのに……俺は肝心な時に幸造を支えてやれなかった。しかもその後に失踪だろ。心配するなって、いう方がおかしいだろ。探偵雇って調べもするよ」

「ごめん。でも葬儀は遥々来てくれただろ。感謝してる。戻ってきたって、会社、大丈夫なのか？」

「日本に帰国したのは異動希望が通ったからだよ。ちゃんと転勤で戻ってきたから気にすんな」

「翔、あのさ、一年空けてたからメンテいると思うけど、ここに住んでよ。心強いからさ。高校の時も一時期、住んでたろ？」

「そうだな。幸造は危なっかしいからな。またここで世話になろうかな」

「俺、『龍魂』絶対に手に入れる」

「おうおう、その意気だ」

　それから、翔はすぐに幸造の家に越してきた。翔は仕事があるので、平日は一人で資料を漁り、土日に、龍にまつわる話がある神社や土地を二人で一緒に回った。

「成果ないなあ。精霊に聞いても訳わかんないし」

精霊は幸造が好きで話しかけてはくるけれど、言葉は曖昧で、要領を得ないことも多い。悪戯好きなのもいて、悪意はないがたまに騙《だま》されることだってある。

「まだ探し始めたとこだろ。諦めるなよ、幸造」

「最悪、龍魂なしで帰る」

「それって異世界で消滅するんだろ。嫁が泣くぞ……。ああ、そろそろ命日だろ。おじさんたちの墓参りしよう。俺、レンタカー借りてくる」

「うん。ありがと。週末行こうか」

翔は幸造の両親のことを、いつも気にかけてくれている。恩がある、とよく言うが本当の親のように思ってくれていることを知っている。

そして、週末。二人は幸造の両親の墓参りに行くことになった。

「ガソリン入れたし、行くか。運転、任せていいのか？　帰りは俺が運転するけど」

行きは翔が運転することになった。左ハンドルに慣れているようで、最初のうちは危なっかしかったが、すぐに勘が戻って機嫌よく運転していた。

窓を全開にしてウトウトしていると、顔にポンポンと精霊がぶつかってきた。自然が多いところには精霊も沢山いる。しかし、これほど多いのは初めてだった。気が付けば車の中は精霊でいっぱいになっていた。

「え？」

「どうした？　幸造」

「いや。精霊が増えてきて正直、翔の顔も見えづらい」

　これでは幸造が車を運転するのは無理かもしれない。フロントガラスまで精霊でいっぱいで、前が見えにくくなっている。龍魂探しに行った、いくつかの神社だって森や山の中にあったが、こんなに精霊がいたことはなかった。

「もうすぐ着くけど」

「ああ。うん」

　どうしたことか、どんどん精霊は増える。幸造が車から降りると、霊園の入り口にも精霊がいっぱいになっていた。ふと、両親の墓の方を見ると、どうやらそこに精霊が溢《あふ》れているようだった。

「え。なんで？」

　取りあえず桶《おけ》とひしゃくを持って、お墓に向かう。精霊がいっぱいで歩きにくい幸造を、翔が不思議そうに見ていた。それでもなんとか墓前に着くと、精霊に邪魔されながらお墓を掃除して雑草を抜いた。花を挿し、父親の好きだったまんじゅうを供えて線香を焚《た》く。そうしている間も身体に精霊がくっついたり、乗られたり。ようやく手を合わせて両親に色々と報告し終わると、今度は精霊が歌を歌い始めた。

「幸造、何してんの？　耳押さえて。何かあるの？」

　あまりの声量に幸造は両耳を押さえた。こんなことなら、ツガーレフが作った耳に入れる精霊石を持っていればよかったと思うくらいだ。

「翔、精霊が歌を歌い始めたんだ。ちょっとうるさい」

これは、早々に帰るしかない、と思った幸造だが歌の合間に聞き捨てならない声が聞こえてきた。

――りゅうこん
――ほしい？

「え？」

――りゅうこん、あるよ？

「どこに⁉」

――ここ
――サチキチのりゅうこん
「幸吉？」

精霊の言葉に幸造が墓標の文字を指で辿《たど》ると戒名で分かりにくかったが幸吉らしき名が刻んである。時系列でいくと『幸』の息子だ。そうだ。あの『サチ』だ。やっぱり幸造はユークラスト王の血を引いていたのだ。そして、幸吉は異世界の龍魂を持ってこちらの世界で生まれた。

「翔、あった。龍魂が。ここに、あるって」

「え？」

「ご先祖様、墓を荒らして申し訳ない！」

そう言って幸造は墓の下を探り出した。龍魂は燃やしても燃えないとツガーレフも言っていた。きっとまだ残っているのだ。

「幸造‼　おまっ、何やってんだ⁉」

「なあ、墓ってどこから開けるんだ？」

「知らねえよ……」

「ここんとこかな……精霊、手伝って。幸吉の龍魂取ってきて」

――いいよぉ
――きゃはは
墓の下の石の部分がゆっくりとずれて空洞が見えた。何個か骨壺《こつつぼ》が置いてあるようだったが、その中に精霊が入って行って、小さな真珠みたいな丸いものを取ってきた。

「これ？」

それが幸造の手のひらにのせられると、精霊の歌声が一層大きくなった。じっとみるとそれはあの黒い渦とは反対に白い渦がグルグル回っていた。

幸造が躊躇《ためら》いもなくそれを胸に押し当てると、龍魂は吸い込まれるように幸造の中に入っていった。

「翔……後のこと、頼んでいいか？」

「え？」

「金も家も翔にやる。実はそういう書類はもう揃《そろ》えてある。リビングの引き出しの二段目な。ここのことと仏壇と。処分してもいいし。それは任せる」

「幸造?」

「龍魂が手に入った。翔、俺、ナナの元に帰るよ。ああ。俺の自慢の嫁さん、お前に紹介したかったたな」

地面に魔法陣を書く。座標は龍人の血だ。ナナがペンダントを持っていてくれるなら、きっとそこへ辿り着く。魔力はここにいる沢山すぎる精霊たちが貸してくれるだろう。持っていたカッターで幸造は指先を切って血を垂らした。光の中に吸い込まれて行くような感覚だった。翔は必死に幸造に向かって叫んでいた。

「散々のろけといてなんだ！　幸造！　後のことは俺がちゃんとする。いつでも帰ってきていい！　頑張れ！　きっと、絶対！　辿《たど》り着け！　頑張れーー‼」

精霊が貸してくれた大きな魔法の力で翔の顔が見えなくなった。

幸造、がんばれ。と声が聞こえる。

頑張れ。

翔の祈る声が頭の中で響いていた。

＊　　＊　　＊

ドスン。

三回目の感覚がして幸造は無事に異世界に落ちたと感じた。しかし、目の前には愛しい番はいない。

「うわっ‼　めっちゃ寒いんですけど‼　なんか、ふぶいているところに落っこちてる！　どこだよ、ここ⁉」

ビューービューーと風が吹き込む洞穴の中に幸造はいた。薄明りが辺りを照らしているがどう見ても雪国だった。

「精霊！　温めて！　死ぬ！　死んじゃう‼」

ガクガクと震えながらようやく精霊に温めてもらった幸造は壁に何か書いてあるのに気づいた。

二人の愛を誓って♡
またここに戻ってこられたらいいね

「ふっざけんな‼」

文句と共に恋人らしき二人の名前が彫ってあった。多分、昔、龍人かその血を持ったものが思い出を作るために、ここに血を垂らしたのだろう。龍人がまだいた頃は、龍人の血で帰りたい場所に印をつける、というのが流行っていたと文献にも載っていた。文字は異世界の文字で間違いない。ナナのいる世界にちゃんと落ちてこれたことだけは安心だ。

けれど座標はナナの持ってる幸造の血にはできなかったのだ。どうやら幸造の血はツガーレフよりも龍人成分が薄いらしい。

「ああ。きっと寒くて血の保存状態が良かったに違いない。って、どこなんだよ‼　ここ‼」

独り、洞窟の中で叫んだが、吹雪が終わるまでは外に出ることさえ叶わなかった。現実問題、服の調達が最優先事項だ。厳しい現実にへこたれそうになったが、何より、幸造は龍魂を持ってナナのいる世界に戻ってこれたことに高揚した。

それから幸造は極寒の地からナナのいるイラリア国を目指すことになる。

ナナの元へ帰るのに月日を費やすことになってしまうが、揺るぎない『ナナの元へ帰る』という幸造の願いは天に通じたのだった。

九章　異世界から来た賢者様はお嫁様をさがしている

天井の木目模様が渦を巻いていて、それが龍のように見える。

「……おはようございます」

ぼうっと上を向いて見つめてから木目の龍になんとなく挨拶する。結構あの木目には愛着がある。

「んーっ」

ベッドの上で腕を伸ばしてリリアナは目を覚ます。やたら部屋が明るいのは昨晩カーテンを引き忘れてしまったからのようだ。

ベッドから降りてワンピースに着替える。髪は高い位置でポニーテールにした。リボンはこのあいだ一目ぼれして買ったオレンジのリボンだ。

赤い屋根のこの家をリリアナはとても気に入っていた。家の前の丘を越えると海が見える。そこから少し歩けば市場があって、大抵はそこで買い物を済ませていた。

野菜は庭で採れる。どうしてだかリリアナの庭だけ成長は早いし、立派に育つしで何を植えても失敗したことがない。皆にもちょっとした自慢のできる庭なのだ。大抵、沢山取れるのでご近所さんにもお裾分けしている。両親に口酸っぱく秘密にしろ、と言われているが実は庭の奥には立派なパラパトの木まで育っていて、時々その実ももらっている。

「さてと」

朝食は昨日の夕飯の残りを火の魔法でさっとあぶる。サラダにハムを乗せたら出来上がりだ。

お茶を入れるのに赤いマグカップを戸棚から出す。なぜか二つあるマグカップの裏には『コーゾー』『ナナ』と彫ってある。今日は気分で『コーゾー』の方を使う。

リリアナはこの家に二年前から住んでいる。小さいころに人攫《さら》いにあって、今はもう滅亡したメルカレーナ国という国で暮らしていた。親切な人に保護されてから、ずっと探してくれていた両親のところへ帰って、ここに住むようになった。リリアナの記憶は誘拐のショックで、ほとんどなくなってしまったらしい。両親は毎日ここに顔を出してくれている。もう少し街の方に両親の屋敷があるのだが、リリアナがどこへ行っても、落ち着いて眠ることが出来ず、結局連れてこられたこの家に住むことになった。不思議とここなら落ち着くのだ。


「リリアナー！　卵持ってきたよ！　野菜分けてくれる？」

「おはようございます、ローリー。ドリーとミミは？」

「ミルク仕入れてからくるって言っていたから、もうすぐ来るんじゃないかな？」

ローリーとドリーとミミはリリアナが攫われていた先で優しくしてくれた三人で、リリアナもそれは朧気《おぼろげ》ながら覚えていた。メルカレーナ国にいる時、成長を遅らせる薬を服用させられていたので、再会したときに急に同じくらいの歳になったリリアナを見て、大いに驚かれた。

彼女たちは父のはからいでリリアナの近くの家に三人で住んでいる。メルカレーナ国出身の人間だが、イラリア国にきてから獣人の良さを知ったと言っていた。明るくて楽しい人たちだ。

メルカレーナ国ではリリアナは差別を受けていた。けれど、それもぼんやりとしか思い出せない。父も三人も、そのことは思い出さなくていいと言って、当時のことは決してリリアナに話そうとはしない。

両親もこの家に一緒に住むつもりだった。けれど、リリアナはそれが嫌だと拒否してしまった。胸がぎゅっと痛くなって、他の人を家に入れたくないと強く思ってしまう。応接間とキッチンは許せても、寝室だけはどうしても誰かに入られるのが許せなかった。一人でこの家に住みたい。そんな無茶苦茶なリリアナの要求を、母は「リリアナの縄張り意識がひどい」と言って笑って許してくれた。申し訳ないと思うのに、どうしても譲れなかった。

「リリアナ、おはよ～！　ミルクわけてあげるね」

「小麦粉もあったからケーキ作ろうよ！」

「おはようございます。ドリー、ミミ。ありがとうございます。ケーキ！　いいですね！」

ミルクと小麦粉をテーブルにドン、と置いたドリーたちをみてローリーが不満げだ。

「ちょっと、遅かったじゃない！　なにしてたのよ」

「ああ！　私たちすごい話きいてきたんだよ！」

「すごい話？」

「ねー!!」

「どうせ胡散《うさん》臭い噂話《うわさ》でしょ？　さっさとミルクだけ持ってくればいいのに」

「まあまあ。ローリー。それがさ、異世界から賢者様がまた落ちてきたんだって。各地であちこち知恵を授けながら旅をしているんだって」

「へっ⁉　賢者様って言ったら二年前に公爵令嬢との結婚式の前日に雲隠れしちゃったんじゃないの？」

「それとは別よー！　なんでもほら、北のココロッチに落ちてきたらしいよ？　なんか、黒髪の優しげなイケメンらしいよぉ」

「うわー。ココロッチって、雪の国じゃん、さむそー！」

「異世界人は皆黒髪のイケメンなのかねぇ」

「賢者様、落ちすぎじゃん！」

「それがさ、賢者様はなんと、旅をしながら、お嫁様を探しているらしいよ！」

「えー？　どうせ、どっかの姫とか狙いでしょ」

「そ、れ、が。結構気さくな方で、私たちにもチャンスあるかもーって！」

「そうなの？　へー」

「どうするぅ。まーでも、リリアナみたいな美人を見たら、賢者様だってイチコロで好きになるかも知れないけど」

ミミがリリアナを肘でつつく。ココロッチと言えばここからずいぶん遠い北国だ。一年の大半が雪にとざされた極寒の地。そんなところに異世界から落ちたのであれば、賢者様もお気の毒だ。

「そんな遠いところから、わざわざこんな田舎に来ないでしょう」

「そうよねぇ。でも、もし、きちゃったらどうする？」

「まーまー。リリアナには、ほら、月一で来る彼氏がいるじゃん」

「ああ！　あの、イケメンの蛇の獣人ね！　ダウ、だっけ？　いいよねー。親切だし、かっこいいし！」

「あの、ダウは幼馴染《おさななじみ》だったみたいで、私のことを気にかけてくれているだけです」

「またまたぁ。そんなこと言っちゃって」

「私は、そういうのは、いいです」

三人は適齢期とあって恋の話題が絶えない。イラリア国に住み着くつもりだと言っていて、獣人の旦那様ゲットを狙っているらしい。メルカレーナ国という国が消えてからは、特に人間と獣人のカップルが増えたらしい。リリアナだって二十歳なので彼女たちと年も変わらないのだが、不思議と恋人を作る気にはならなかった。

　とても満たされているのに、なぜかとても寂しい。そんな不思議な感覚がずっと続いている。

「今日は蛇の彼氏が来る日じゃなかった？」

「そうよ！　大変！　リリアナ、ケーキ焼くわよ！」

　急に三人が張り切りだしたので、リリアナは困った顔でエプロンを身に着けた。卵を割ってホイップする。そうだ、お父さんが喜ぶだろうから沢山焼こう。お父さんとダウは大抵一緒に来るから。

　ケーキの焼けるいい匂いがしてきて窯を覗《のぞ》くとケーキがフワフワに膨らんでいた。

「おおっ。うまく焼けたわねぇ。リリアナの家の窯は放っておいても綺麗《きれい》に焼けるから不思議だわ〜。忘れていても焦げたこともないもんね。勝手に火が消えていたり……」

「これが普通じゃないんですか？」

「普通な訳ないじゃん。リリアナのお家、すごいんだよ？　水だって、これ、運んだことあるの？」

「え？　勝手に瓶に入ってるものじゃないんですか？」

「んなわけないじゃん。まあ、リリアナは魔法が使えるから、どっちみち苦労はないだろうけど、普通は水を運ぶのも大変なんだよ。畑にだって水を撒《ま》く必要ないし、雑草生えないし。しかも成長も早い！」

「誰かが代わりにやってくれているレベルだよね」

「私、聞いたよう。精霊に好かれる人は精霊が助けてくれるって」

「ええ～！　すごい！」

「リリアナ、チョー愛されてるんじゃない？」

「……そうなのですかね」

調子に乗ったミミに言われて苦笑する。でも、確かにリリアナはこの家に守られている気がする。ここに来た時、初めてのはずなのに戻ってきたという感覚がして、嬉《うれ》しかったのを覚えている。なぜだか悲しい夜は寝室のシーツに包まると落ち着いてくる。

ふと、なんだか幸せを感じる匂いがして、リリアナが鼻をぴくぴくと動かした。

「なんだか、いい匂いがします」

「リリアナ、そりゃ、ケーキ焼いたんだから」

ケラケラとドリーに笑われて、リリアナはふらりと匂いを辿《たど》った。

「ちょっと、リリアナ？」

「エルバンさん、来たの？」

ミミとローリーが急にエプロンを外して外に出ようとするリリアナを見て驚いている。

何もかも放り出してリリアナは外に出る。

この匂いを辿らないと。

心臓がどきどきして気が焦る。早く、早く、と何かに背中を押されているように感じる。リリアナは丘に向かって歩く。段々と早歩きになって、しまいには待ちきれないと走ってしまっていた。

自分はいったい何をしているんだろう、と思うのに体が勝手に動いてしまう。そのとき、人影を見つけてリリアナの足が止まった。

ハアハアと息を整えるのに肩が上下に揺れる。そんなリリアナに気づいた人影も走っているようで、すごいスピードで近づいてくる。

リリアナは息を止めてその姿を確認する。

黒色の髪が揺れてその顔がはっきりと見える。切れ長の一重のきりりとした瞳が、リリアナを捉える。

体が喜びで震えていた。

「ただいま、ナナ」

その人はじっとリリアナを見てからニコリと笑って、抱きしめてきた。リリアナはその瞬間その匂いを体いっぱいに吸い込んだ。

目から涙がこぼれる。ぽっかり空いていた胸の穴に涙と共に幸せが溜《た》まっていくようだ。

ずっと。

ずっと求めていた匂い。リリアナを幸せにする匂い。

スリ、と男の胸に頬を擦り寄せた。

後ろでキャーキャーと叫ぶ声が聞こえた。「コーゾー、何やってんだ」とかいう声も。

リリアナだって初めて会う人と何をやっているんだと思うのに、抱きしめ返す腕の力を緩めることは出来なかった。

＊　＊　＊

「異世界から来た賢者様はお嫁様をさがしているらしい。

せっかく結婚したのに、うっかり忘れ物をして自分の世界にもどってしまったそうだよ。

今度は、忘れ物もしっかり持って帰ってきたそうだ」

「そんな間抜けなことして、お嫁様を見つけた時に怒られなきゃいいけど」

「なあに、そのお嫁様だってきっと賢者様がさがしてくれるのを待っていたはずさ」

あとがき

この度は『異世界から来た賢者様はお嫁様をさがしている　獣人の乙女は運命のつがいに愛されて』を手に取っていただけて大変嬉しく思います。

第四回ムーンドロップス恋愛小説コンテストの竹書房賞という立派な賞をいただいた時は驚きで、地に足がついていなかったと思います。ＷＥＢ上、趣味で始めた執筆活動。いつも頭に浮かんだものを先も考えずに書き散らかしていましたので、今回、コンテストに向けて、テーマ、文字数や構成、当然、締め切りを意識して書くのはとても新しい試みでした。

ナナと幸造の物語はコンテストのメインテーマ『一生に一度の恋』から生まれました。
初めに浮かんだのはラストシーンで、ヒーローがなんとしてでもヒロインに辿り着くものにしようと心に決めて執筆しました。幸造とナナが再会するシーンを目指して、ひたすら頑張りました。ですから、異世界から召喚された幸造がさがしていたお嫁様は一貫してナナなのです。そんな風にも物語を見て頂けると嬉しく思います。

一生に一度の恋をするヒロインにはどんなヒーローがいいかな、と考えた時に、彼女を包み込むような大きな愛情を持った人にしようと思いました。幸造は両親に愛されて育ち、人に幸せを分けることに疑問を抱かない人です。ごく普通の感覚の、でも人を思いやることのできる人。だから名前も『幸造』です。名無しの『ナナ』に幸せをつくってくれるのです。そんなほのぼのとした二人に横槍を入れるのがツガーレフ。幸造で不足した乙女の憧れを詰め込ませていただきました。美男で天才。しかし、ひねくれていて愛には不器用な人です。

そうやって思いついて書き始めましたが、とにかく時間がありませんでした。最後の方は締め切りに間に合うか間に合わないかでヒヤヒヤしました。こんな風に出来上がった物語でしたが、書き上げてみれば、とても愛着のあるものに仕上がりました。WEBの方を読んでいただけた方は分かるかと思いますが全体的にちょっと読みにくい文章だったと思います。書籍にするあたり、ずいぶんと手直ししましたが、あえてWEBの方は修正せずに残しておこうと思います。

最後に、物語を世に出してくださいましたムーンドロップス恋愛小説コンテスト関係者様、書籍化にあたり、読み返すたびに現れる誤字脱字にお付き合いいただけた編集者様、素敵にデザインして下さったデザイナー様、ため息が出そうな秀悦なイラストを描いてくださった逆月酒乱先生など、皆様に心より感謝いたします。

これからもＷＥＢの場をお借りしつつ、執筆していきたいと思っていますので、応援していただけると嬉しいです。いつも感謝しております。読者さま、大好きです。

兎山もなか――――――――――――――――――――――――

異世界で愛され姫になったら現実が変わりはじめました。

吹雪歌音――――――――――――――――――――――――

舞姫に転生したＯＬは砂漠の王に貪り愛される

葉月クロル――――――――――――――――――――――――

異世界の恋人はスライム王子の触手で溺愛される
異世界婚活！アラサーOLは美形魔導士に深く激しく求められる

日車メレ――――――――――――――――――――――――

墓守公爵と契約花嫁　ご先祖様、寝室は立ち入り厳禁です！

真宮奏――――――――――――――――――――――――

狐姫の身代わり婚 〜初恋王子はとんだケダモノ⁉〜

まるぶち銀河――――――――――――――――――――――――

ひねくれ魔術師は今日もデレない　愛欲の呪いをかけられて

御影りさ――――――――――――――――――――――――

少年魔王と夜の魔王　嫁き遅れ皇女は二人の夫を全力で愛す
次期国王の決め手は繁殖力だそうです
ヤンデレ系乙女ゲームの悪役令嬢に転生したので、推しを監禁しています。

椋本梨戸――――――――――――――――――――――――

怖がりの新妻は竜王に、永く優しく愛されました。

★著者・イラストレーターへのファンレターやプレゼントにつきまして★
著者・イラストレーターへのファンレターやプレゼントは、下記の住所にお送りください。いただいたお手紙やプレゼントは、できるだけ早く著作者にお送りしておりますが、状況によって時間が掛かる場合があります。生ものや賞味期限の短い食べ物をご送付いただきますとお届けできない場合がございますので、何卒ご理解ください。
送り先
〒160-0004　東京都新宿区四谷3-14-1　UUR四谷三丁目ビル2階
（株）パブリッシングリンク
ムーンドロップス 編集部
○○（著者・イラストレーターのお名前）様

異世界から来た賢者様はお嫁様をさがしている
獣人の乙女は運命のつがいに愛されて
２０２１年４月１９日　初版第一刷発行

著…………竹輪
画…………逆月酒乱
編集…………株式会社パブリッシングリンク
ブックデザイン…………百足屋ユウコ＋モンマ蚕
（ムシカゴグラフィクス）
本文ＤＴＰ…………ＩＤＲ

発行人…………後藤明信
発行…………株式会社竹書房
〒102-0075　東京都千代田区三番町８－１
三番町東急ビル６Ｆ
email：info@takeshobo.co.jp
http://www.takeshobo.co.jp
印刷・製本…………中央精版印刷株式会社